Was wäre, wenn ...

Der Moralist beklagt, dass die Menschen nicht
so sind, wie sie sein sollten,
der Humorist freut sich, dass die Menschen
nicht so sind,
wie sie von sich behaupten.

(Unbekannt)

Birgit Klemm

Was wäre, wenn ...

**Kurzgeschichten -
mitten aus dem Leben**

Bibliografische Information der Deutschen Nationalbibliothek:
Die Deutsche Nationalbibliothek verzeichnet diese Publikation in der Deutschen Nationalbibliografie; detaillierte bibliografische Daten sind im Internet über http://dnb.dnb.de abrufbar.

© Elsterberg, Dezember 2014, Birgit Klemm
bvklemm@gmx.de

Bilder: eigene Fotos, Anregungen aus COREL DRAW
Aphorismen: www.aphorismen.de

Herstellung und Verlag: BoD – Books on Demand, Norderstedt

*ISBN: 978-3-7357-**3960-5***

INHALTSVERZEICHNIS

Mitunter möchte man ...	7
Höhenflüge	15
Frauentausch	23
Es könnte alles so schön sein!	29
Abendessen mit Hindernissen	37
Die Mutprobe	45
Cybermobbing	53
Das Problem mit dem Vornamen	63
Ausnahmen bestätigen die Regel	69
Lebendige Geschichte	75
Gelungene Maskerade?	83
Willkommen im Kreis der Bestseller!	93

Mitunter möchte man ...

»Zwei Dinge sind unendlich,
das Universum und die menschliche Dummheit,
aber beim Universum bin ich mir
noch nicht ganz sicher.«

(Albert Einstein)

Die Sonne schien herab von einem tiefblauen Himmel. Es war angenehm warm. Deswegen zog es viele Urlauber zum Abkühlen ins Wasser. Und so kamen sie die lange, hohe Steintreppe herab: die Familie mit den zwei kleinen Kindern, das ältere Ehepaar, die zwei jungen Frauen und viele andere. Alle hatten sie Badesachen dabei und außerdem Decke, Badetuch oder Matte.

Am Strand befanden sich bereits einige Leute. Auch im Wasser tummelte man sich. Es herrschte reges Urlaubstreiben in der kleinen Bucht, eigentlich wie an jedem solchen Tag.

Weiter draußen lagen Motorboote verschiedener Größen, bereit, von ihren Besitzern durch das klare, blau schimmernde Wasser der Adria gesteuert zu werden.

Das alles hatte Alois im Blick. Er saß vor seinem Wohnmobil, in zentraler Lage, mit bester Sicht auf die gesamte Umgebung. Sein Wagen stand gleich in erster Reihe einer Kolonne von Wohnmobilen, viele mit Kennzeichen großer deutscher Städte, wie seines auch.

Die meisten hatten diesen Platz für längere Zeit im Sommer gemietet und sahen sich jedes Jahr wieder. Man merkte es schon an der Art der Begrüßung oder Unterhaltung: Hier trafen sich gute Bekannte.

In diesem Kreise, da war er wer. Und er beaufsichtigte das Geschehen am Strand. Zu diesem Zweck hatte er sogar einen Feldstecher neben sich auf dem Tisch liegen. Ein weiteres Zeichen dafür, dass er sich hier zu Hause fühlte, waren die beiden Kästen mit seinen Balkonblumen, die auf dem einen Tisch standen. Sein Radio beschallte die nähere Umgebung mit Musik und Werbung eines bayrischen Senders, was manchmal durch die neuesten Verkehrsmeldungen unterbrochen wurde. Meist saß er auf einem seiner Campingstühle und beobachtete, was rings um ihn vorging. Mitunter blieb jemand stehen und unterhielt sich lange mit ihm, oder er ging zu einem Nachbarn hin. Und manchmal begab er sich auch ins Wasser - nachdem er mit seinem Stock dorthin gehinkt war.

Gerade wieder fiel ihm ein Ehepaar auf, das verzweifelt versuchte, noch einen Platz am Strand zu erhaschen. Aber es wurde allmählich eng hier, denn an vielen Stellen befanden sich leere Badetücher und Liegen. Erstere waren oft mit einem oder zwei Steinen beschwert, damit sie nicht wegfliegen konnten. Zwei der Liegen hatten die Eigentümer sogar festgekettet an einer der Stangen, die sich in Ufernähe befanden. Auch hier sonnte sich im Moment wieder einmal niemand.

Alois sah, dass die Badetücher die meiste Zeit herrenlos waren. Deren Besitzer erschienen nur irgendwann am Tag für ein oder zwei Stunden an ihrem reservierten Platz.

Kein Wunder, dass die neu Hinzugekommenen mit nicht gerade zufriedenen Gesichtern suchten, wo sie sich denn niederlassen könnten. Endlich fanden sie in der Reihe direkt vor dem Wasser noch ein Fleckchen.

Bald würden sie es auch begriffen haben: Man lege seine Handtücher früh am Morgen hin, egal, wann man beabsichtigte, an den Strand zu gehen. Noch einen oder zwei Steine darauf wegen des Windes - und schon hatte man einen sicheren Platz erlangt!

***

Als Alois am folgenden Morgen wie immer aus seinem Wohnwagen trat und um sich schaute, konnte er zunächst nicht fassen, was er da entdeckte:

NICHTS befand sich am Strand!

Oder ... da war doch etwas.

Am Rand der Bucht lagen sämtliche Steine, die die Badetücher festgehalten hatten, und zwar säuberlich als Kegel geschichtet.

Und da - noch etwas! Badetücher, Liegen und Matten waren ebenfalls schön ordentlich zu einem zweiten Haufen aufgebaut.

Die zwei angeketteten Liegen befanden sich natürlich an ihrem Platz. Doch auf jeder der beiden war eine hübsche Steinpyramide errichtet worden.

Ziemlich erstaunt, aber auch neugierig geworden, setzte sich Alois auf seinen Stuhl. Was war denn hier los? Was würde nun passieren?

Ein Kind kam die Treppe herunter gelaufen.

»Vati, wir haben heute überall viel Platz! Wo wollen wir uns hinsetzen?«

Keine Antwort.

Vati konnte nichts sagen. Er blickte krampfhaft um sich.

»Gabi, wo sind denn unsere Badetücher hingekommen? Die hatten wir doch gestern Abend hier hingelegt! Alles ist weg!« Er rannte zu dem Handtuchstapel. »Hier müssen sie irgendwo sein! Such doch mal mit!«

Mit der Zeit ertönten immer mehr ähnliche Rufe. Es entstand ein heilloses Durcheinander. Leute schnappten sich Badetücher, warfen sie zur Seite und ergriffen das nächste, wenn sie feststellten, dass es nicht ihres war. Der Haufen sah mit der Zeit ziemlich wirr aus.

Manche Leute schauten sich das Ganze aus gepflegter Entfernung einfach nur an.

»Warte ab, bis du rankommst. Wenn die wildesten ihr Badetuch haben, wird es ruhiger.«

»Eigentlich sieht es ja ganz lustig aus: die vielen Menschen, die sich streiten und ...«, weiter kam der Junge nicht. Die Ohrfeige klatschte. Das Kind warf sich in den Sand und weinte laut.

Alois vernahm auch ihm nicht verständliche Sätze in Kroatisch oder vielleicht Italienisch. Doch es klang auf alle Fälle wütend.

»Wer das war, der kann sich frisch machen!«, hörte man eine hohe Stimme rufen.

»Nein! Gut gemacht!«, erklang es da aus einer anderen Ecke. Erstaunt und auch verärgert schauten viele automatisch in die Richtung, aus der sie den letzten Ruf vernommen hatten.

Dort stand eine Menge Leute. Wer von denen war es gewesen??

»Thomas, ich habe unser Badetuch gefunden!«, hörte man aus einer anderen Richtung plötzlich eine glückliche Stimme. Wieder hatte jemand sein Eigentum erhaschen können.

Einer nach dem anderen fand etwas Bekanntes von sich. Manche gingen damit an den Strand, um baden zu gehen, andere zurück in ihr Zelt.

Schließlich blieb der Steinhaufen zurück und ein paar Badetücher, deren Eigentümer die Entdeckung noch vor sich hatten, sowie die zwei festgeketteten Liegen mit Steinpyramide.

***

Am nächsten Morgen trat Alois wieder vor seinen Wohnwagen. Er dachte ein wenig an den vorherigen Tag. Was würde wohl heute los sein?

Der Strand war fast leer. An der Seite lag noch der Steinhaufen von gestern. Den hatte keiner angerührt. Die Handtücher waren alle weg.

Gerade betrat eine Familie mit ihren Badetüchern den Strand und ließ sich an einem der vielen freien Plätze nieder. Nicht lange dauerte es, da rannten die Kinder ins Wasser, und die Eltern folgen ihnen.

Ein Pärchen kam die Treppe herab. Sie blieben verwundert stehen, schauten auf den Strand und schauten noch einmal hin, als ob sie das alles nicht glauben könnten.

»Das ist wirklich der erste Strand, wo die Leute nicht so unvernünftig sind und mit ihren Handtüchern die Plätze besetzen!«

Höhenflüge

»Die Gelegenheit, auf die wir warten, ist meist schon da.«

(Paul Mommertz)

Eigentlich dürfte ich gar nicht hingehen!«, meinte Luisa ungehalten. »So voll, wie der den Mund nimmt! Überall war er schon, alles traut er sich! Was will der eigentlich noch?«

»Aber das interessiert dich doch schon die ganze Zeit. Ich merke es daran, dass du allmählich von nichts anderem mehr redest. Wie soll das erst werden, wenn du nun doch nicht hingehst! Ich kann das schon jetzt nicht mehr mit anhören. Außerdem hast du mich neugierig gemacht, wer das eigentlich ist - dein Patrick!«

»Neee, am Schluss schnappst du ihn mir noch vor der Nase weg!«

»Na klar, das hört man ja häufig, dass dann die beste Freundin und so ... Vergiss es, ich bin glücklich mit Peter!«

»Eigentlich habe ich sogar etwas Angst. Bungee Jumping oder den ganzen anderen Extremsport - was der alles so macht!

Übrigens will er mich vielleicht auf die nächste Tour mit seinen Kumpels einladen. Sie wollen in die Alpen, um ein paar Flüge mit ihren Gleitschirmen zu machen. Wäre ja nicht schlecht, wenn ich da mitfahren könnte!«

Luisas Augen leuchteten. Fliegen ... Hohe Berge ... Darüber hatte sie sich in letzter Zeit oft mit Patrick, ihrem neuen Chatpartner, in aller Ausführlichkeit ausgetauscht. Offensichtlich hatten beide hier eine gemeinsame Vorliebe gefunden. Nun war Luisa sehr neugierig, ihn endlich persönlich kennen zu lernen.

In einer halben Stunde würde sie ihn treffen in dem Eiscafé in der Nähe. Als Erkennungszeichen hatten sie vereinbart, irgend etwas mitzubringen, was an Fliegen oder Bergsteigen erinnerte.

Luisa machte sich nun mit ihrer besten Freundin Carolin als moralische Unterstützung auf dem Weg.

Die beiden betraten das Café. Die Tische waren locker besetzt.

»Da hinten in der Ecke, dort gehen wir hin! Ich will alles im Blick haben.«

Sie setzten sich nieder. Die Kellnerin war sofort da, und beide bestellten einen Schokoshake. So allmählich begannen sie die Umgebung zu mustern.

»Es ist gleich um drei. Ist er schon da, oder kommt er noch?«, meinte Luisa leise zu ihrer Freundin. »Und wenn er schon da ist - wer ist es denn dann?«

Unauffällig betrachteten beide die Gäste. Die drei Pärchen fielen natürlich aus, genauso die lustige Runde Jugendlicher in der Mitte des Raumes. Gerade ertönte von dort wieder ausgelassenes Gelächter.

An dem einen Tisch saß allein ein ungefähr Siebzigjähriger mit Anzug und Krawatte und einem Kaffee vor sich. Eben zog er genüsslich an seiner Zigarre, während er die anderen Gäste musterte. Die beiden schlugen rasch ihre Augen nieder, damit sich die Blicke nicht begegneten.

»Stell dir mal vor, DER hat mir im Chat geschrieben! Du weißt ja sowieso nie, wer wirklich dahinter steckt«, wisperte Luisa. »Oh nein! Ich will weg hier!«

»Wieso«, entgegnete Carolin. »Wenn du das richtig anpackst, hast du ausgesorgt. Er trägt dich auf Händen, weil er im Grunde froh ist, dass er dich junges Blut hat. Einen Hausfreund kannst du dir dann trotzdem noch leisten.«

»Sag mal, was erzählst du denn da? Das meinst du doch nicht wirklich ernst!«, war die ärgerliche Antwort. »Außerdem könnte ich mir den nicht mit einem Gleitschirm vorstellen! Und - sollte der wirklich Patrick heißen!?«

Die beiden schwiegen.

Wieder kam ein Gast herein. Was sollte man sagen: Junger Mann im besten Alter, schwarze, lockige Haare und ein kleines Bärtchen, flott und sportlich gekleidet, allein ...

Gespannt verfolgten die beiden, wie er sich drei Tische entfernt niederließ. Er bestellte und wechselte dabei ein paar Bemerkungen mit der Kellnerin. Was er sagte, verstanden sie nicht, doch der Art nach, wie diese sich entfernte, musste ein dickes Kompliment dabei gewesen sein.

Luisa und Carolin schauten sich an und holte tief Luft. Das war doch nicht - oder doch!? Als er vor sich auf den Tisch seinen Schlüsselbund legte, schauten die beiden gebannt hin: Außer den Schlüsseln hing tatsächlich als Maskottchen ein kleines Flugzeug daran!

»Das muss er einfach sein! Was soll sonst so einer allein hier!«

Und nun schaute er sogar zu den beiden hin! Ein freundlicher Blickkontakt war es. Wie hypnotisiert erhob sich Luisa und ging zu ihm hin. Sie fragte kurz und setzte sich dann mit an den Tisch.

Carolin beobachtete das Geschehen: wie Luisa IHN ansprach und ihm die Ansichtskarte vom Mont Blanc zeigte, ihr Erkennungszeichen.

Er hörte anfangs interessiert zu. Doch dann sah Carolin ein Umschalten in seiner Miene. Nach seiner Erwiderung rutschte Luisa förmlich in sich zusammen. Schließlich stand sie auf und verabschiedete sich schnell. Wie einen begossenen Pudel sah Carolin ihre Freundin rasch näher kommen.

»Er erwartet in einer halben Stunde seine Freundin! Peinlich ohne Ende ist das! Das Miniflugzeug war natürlich nur ein blöder Zufall!«

»Und nun?«

»Zahlen und fort - was sonst!«

Zum Glück war die Kellnerin schnell da, nahm das Geld von den beiden entgegen, etwas verwundert über die plötzliche Eile.

Kurz vorm Ausgang hielt sie ein junger Mann im Rollstuhl auf. »Stopp! Hattet ihr auf jemand gewartet? Jemand mit einem bestimmten Erkennungszeichen?«

Die beiden waren wie erstarrt, und sie nickten automatisch.

Er deutete auf den Gegenstand mitten auf dem Tisch. Es war eine Serviette, die er zu einem Flieger gefaltet hatte!

»Ist das okay? Wieso seid ihr denn überhaupt zu zweit? Mit wem bin ich nun eigentlich verabredet - wenn es denn noch so sein soll?«

»Ich glaube, ich gehe jetzt, und du bleibst hier!«, schaltete Carolin, und schwupp!! war sie verschwunden.

Er meinte jetzt: »Ich bin´s! Gestatten: Patrick. Wie erwartet, hast du mich vollkommen übersehen. Hatte ich mir beinahe gedacht, bei meinem Aufzug. Passiert mir auch nicht das erste Mal, dass man mich gar nicht bemerkt. Vor zwei Monaten hat sich meine neue Bekanntschaft, mit der ich mich im Chat sehr gut verstanden habe, nach fünf Minuten Verlegenheitsgestammel verabschiedet. - Wie ist das eigentlich mit dir?«

Luisa machte keine Anstalten zu verschwinden.

In den folgenden Minuten erfuhr sie, dass Patrick vor einem Jahr durch einen Motorradunfall im Rollstuhl gelandet war. Seine Freundin hatte ihn bald unter fadenscheinigen Gründen verlassen. Seit einem halben Jahr wollte er gern wieder jemanden kennen lernen. Er hatte dabei jedoch schon weniger Schönes erlebt, wie sie eben von ihm gehört hatte.

Luisa machte ihm klar, dass sie fast nicht zum Treffpunkt erschienen wäre, weil er so dick auftrug und dass sie wahnsinnige Angst gehabt hatte, ob sie in seinen Augen überhaupt bestehen könnte.

Nein, so wäre es ganz bestimmt nicht, versicherte er ihr. Er wollte nur nicht wieder ein negatives Erlebnis haben.

»Aber weißt du, das mit dem Fliegen kriegen wir trotzdem hin. Mein Schulfreund hat seinen Flugschein gemacht und darf nun sogar Passagierflugzeuge fliegen. Er hat mich für nächstens eingeladen auf einen Rundflug mit einem ausgeliehenen kleinen Sportflugzeug. Dazu würde ich dich selbstverständlich einladen. - Willst du?«

Frauentausch

»Die List ist eine natürliche Gabe des weiblichen Geschlechts, und da ich überzeugt bin, dass alle natürlichen Neigungen an sich gut sind, bin ich der Meinung, dass man diese wie die anderen pflegen sollte.«

(Jean-Jacques Rousseau)

(I)

Tropf - tropf - tropf. Irgendwo ist hier ein Wasserhahn undicht. Wo?? Warum?? Mühsam dreht sie den Kopf. Es fällt ihr schwer, sich zu orientieren. Alles ist wie Watte.

‚Warum bin ich denn so benommen?', denkt sie krampfhaft.

Alles ringsum kommt ihr unbekannt vor. Und gemütlich ist es hier überhaupt nicht - wie etwa zu Hause.

Nach rund fünf Minuten gelingt es ihr endlich aufzustehen. Sie befindet sich in einem eher kleinen, rechteckigen Raum. Da steht ein einfacher Stuhl an einem quadratischen Tisch. Und dort drüben entdeckt sie eine Waschecke.

Da ist selbstverständlich auch eine Tür. Aber was für eine! Was haben sie denn hier für primitive Türen?!

Doch jetzt kann sie wenigstens hinausgehen und nachsehen, wo sie sich eigentlich befindet.

‚Hoppla, die Tür hat ja gar keine Klinke, und sie lässt sich auch nicht aufschieben', ist ihre plötzliche Feststellung.

Nun wird sie allmählich wütend und trommelt an die Tür. Erst langsam, dann immer heftiger.

»Hallo! Aufmachen! Ist hier wer!? HALLO!!«

Keine Reaktion.

Ihr tun inzwischen die Fäuste weh, und sie gibt notgedrungen auf.

Sie dreht sich herum. Plötzlich fällt ihr Blick auf das einzige Fenster des Raumes. Es ist ein einfaches, wie alles hier einfach ist, und nicht besonders groß.

Nanu, was ist denn das? Gitter an den Fenstern?!

Sie setzt sich aufs Bett. Angestrengt überlegt und überlegt sie.

Krampfhaft versucht sie sich zu erinnern, was geschehen war und wie sie hierher gekommen sein könnte. Wo ist sie bloß gelandet? In der Ausnüchterungszelle?

***

(II)

Jens wusch sich, putzte die Zähne und begab sich dann zum Frühstück. Gemeinsam mit seiner Frau natürlich.

Na ja, an einem Tisch saß er schon mit ihr. Aber geistig war er bereits weg, das spürte Antje. Wie verhext, ihre Verbindung mit Jens hatte Risse bekommen. Sie fühlte sich momentan nicht in der Lage, seine Wünsche zu erfüllen, vor allem die im Bett. Aber das schien ihn nicht weiter zu stören.

‚Bitte warte! Es kommen auch wieder bessere Zeiten!', dachte sie oft mit banger Hoffnung. Kein befriedigender Zustand. Es schwebte einiges Unbewältigte durch die Luft bei ihnen.

Jeden Morgen dachte Jens zwangsläufig schon daran, dass er bald Melanie unter den Gefangenen sehen würde, wenn er sich in die Justizvollzugsanstalt begab zu seinem Job als Wärter. Die beiden hatten in letzter Zeit immer mehr ihre Sympathie füreinander entdeckt, und bei wenigen Gelegenheiten, wenn jede Gefangene wieder in ihrer Zelle war, hatten sie auch schon sehr eng zueinander gefunden. Melanies sexueller Hunger tat ihm gut. Dagegen konnte er nichts machen und wollte das auch immer weniger tun, zumal ihm in dieser Hinsicht zu Hause einiges fehlte.

So kam es, wie es kommen musste: Spinnereien, dass man gemeinsam noch einmal ganz neu anfangen wollte. Unrealistische Phantastereien??

Da war dann die verrückte Idee, das irgendwie umzusetzen, nicht mehr weit weg. Melanie drängte und drängte ihn.

»Wollen wir heute Abend endlich wieder einmal zusammen essen gehen?«, hörte Antje plötzlich die Stimme ihres Mannes.

»Ja!«, antwortete sie hastig, bevor diese Frage sich als Halluzination erweisen konnte.

»Treffen wir uns nach meinem Dienst. Hol mich um sechs ab, und wir gehen zu unserem Italiener.«

»Abgemacht, ich komme!«

***

(III)

Am Ende ihres Abendessens gab Jens der Kellnerin ein ordentliches Trinkgeld. Dann meinte er zu seiner Frau: »Willst du nicht schnell noch auf die Toilette gehen? Der Weg bis nach Hause ist weit!«

Ja, und schon war Antje weg. Er betrachtete das auf dem Tisch Stehende. In beiden Gläsern war noch ein Rest zu trinken. Als sie zurückkam, nahm er sein Bierglas: »Los, austrinken, wir müssen ja nicht die Rester stehen lassen.«

Gesagt, getan.

Nachdem sie die leeren Gläser hingestellt hatten, machten sie sich auf den Nachhauseweg.

»Schau mal, der Orion kommt allmählich immer deutlicher ins Blickfeld. Es wird Winter!«, sagte er und wies dabei nach oben. Antje nickte schwach. Dafür hatte sie sich nie so recht interessiert. Das wusste er doch!

Nach kurzer Zeit blieb sie stehen, weil sie spürte, dass sie nicht mehr weitergehen konnte.

»Soll ich dich in den Arm nehmen?«, fragte er.

‚Wieso denn das, das hast du doch wer-weiß-wie-lange nicht gefragt', wollte sie antworten. Doch das ging nicht. Sie wusste nichts mehr von sich, und alles versank im Nebel.

***

(IV)

Die beiden biegen mit dem Auto nach rechts ab. Nun verläuft die Straße geradeaus und würde sie direkt zur rettenden Grenze führen.

»Ich hoffe, wir sind schnell genug, und sie suchen uns noch nicht. Dann können wir problemlos passieren.«

»Das hoffe ich auch«, meint Melanie. »Bloß gut, dass ich zufällig deiner Frau so frappierend ähnlich sehe. Sonst wäre das gar nicht möglich gewesen.«

»Verdammt noch mal, das war doch eine ziemliche Gemeinheit! Was wird denn nun mit ihr?«

Sie streichelte seinen Arm. »Das hat dich in letzter Zeit auch wenig interessiert. Denk doch mal an dich, an uns! Wir haben uns beide endlich. Ist das nichts? Wir fangen ganz neu an!«

»Ein Glück, dass ich sie am Ende noch dazu bringen konnte, auf die Toilette zu gehen. Ein weiteres Glück, dass sie alles brav ohne weiteres ausgetrunken hat! Sonst wären wir jetzt nicht hier!«, grübelt Jens.

»Und ehe sie herausbekommen, wer wer ist, sind wir über alle Berge! Doch eigentlich möchte ich wenigstens einmal ihr Gesicht sehen, wenn sie aufwacht. So viel Staunen passt gar nicht dort hinein!«, strahlt Melanie.

»Hör auf damit! Ich kann das nicht mehr hören! Ich will nicht daran denken! Ein Zurück gibt es nun sowieso nicht! - Meinem Kumpel Martin habe ich übrigens nicht ganz so viel in sein Wasser gemischt. Aber dadurch, dass er lahmgelegt war, fällt wenigstens kein Verdacht auf ihn. Gut, dass er vorher noch beim Umziehen geholfen hat.«

Das Auto fährt immer weiter der Grenze zu.

Es könnte alles so schön sein!

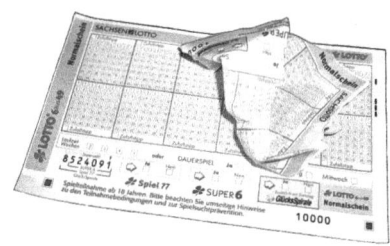

»Freundschaft zieht die
Menschen zueinander,
das Eigeninteresse trennt sie.«

(Hebräisches Sprichwort)

Tanja sinnierte: »Man müsste mal einen Sechser gewinnen! Stell dir das vor: Auf einmal keine Gedanken mehr ans Geld! Dem Chef würde ich ganz cool antworten: ‚Bei dir brauche ich nicht mehr zu kuschen. Du kannst mich ganz nett bitten, damit ich morgen überhaupt auf Arbeit komme. Und ob ich dann ja sage, das werde ich mir gut überlegen.' - Wäre so was nicht schön?«

Tanja war ihre gute Laune richtig anzumerken.

»Aber Freunde hat man dann wahrscheinlich auch nicht mehr. Denn was würden die sagen? Also gibt es dann andere Freunde. Wer weiß, was für welche«, meinte Marion. Sie war die Nachdenklichere von den beiden.

Tanja dagegen bezeichnete so etwas oft als Pessimismus.

»Man müsste eine Riesenparty machen. Wer da wohl alles käme! Manche würden sich bis zum Zubinden vollstopfen, bloß um uns zu schädigen. Und der Neid unter den Menschen, der kommt dann erst so richtig raus.

Wenn ich allerdings an Elke denke - der kann ich dann nicht mehr unter die Augen treten, glaube ich. Verdient gerade mal etwas mehr als ein Hartz-IV-Empfänger und muss rotieren wie nichts. Aber ja nicht meckern, sonst gibt es den Rauswurf. - Das will ich mir gar nicht vorstellen!«, überlegte Tanja weiter.

Bei den folgenden Worten richtete sie ihren Blick direkt auf Marion: »Diese Woche haben sie einen Jackpot von sechzehn Millionen. Da müssen wir einfach mitspielen, denn so viel Geld, das darf nicht liegen bleiben! - Los, wir füllen gemeinsam einen Tippschein aus!«

»Na gut.« Marions Meinung war aus dem Tonfall der Antwort zu erkennen.

Beide begaben sich umgehend zum Lottoladen, und nach fünf Minuten machten sie sich mit dem wertvollen Papier auf den Nachhauseweg.

Zu Hause angekommen und wieder allein in ihrer Wohnung, fing Marion plötzlich an nachzudenken. ‚Ja, los, einen Extratipp, das erhöht die Chancen.' Sie eilte noch einmal zum Lottoladen. Die Verkäuferin erkannte sie: »Na, haben Sie was vergessen?«

»Ja, hier, ein Tipp mit diesen Zahlen.«

»Hmm, mit 1 - 2 - 3 - 4 - 5 - 6 - 7 hat man gute Aussichten, viel zu gewinnen, weil die meisten denken, dass solche Kombinationen weniger Chancen haben. Quatsch, die Chance ist jedes Mal gleich. Aber wenn man da gewinnt, wird das eine richtig hohe Quote.«

Marion schlich wieder nach Hause zurück. Natürlich begegnete sie ihrer Freundin. Eigentlich wollte sie einfach in ihre Wohnung und kein Wort sagen, aber nun kam die erwartete Frage: »Wo warst du denn noch?«

Sie antwortete schnell: »Ich hab noch was fürs Abendbrot geholt, das hatte ich vorhin einfach vergessen«, und zog die Tür hinter sich zu.

***

Am Samstag Abend saßen die beiden gespannt vor dem Fernseher, den Tippschein in der Hand (der andere befand sich in Marions Hosentasche, und die Zahlen hatte sie natürlich im Kopf).

Die dritte Kugel bewegte sich durch das Ziehungsgerät und landete endlich in ihrem Ziel, die Kamera fuhr heran ... 1.

»Die ist auf dem zweiten und vierten Tipp. Mist, auf dem ersten müsste sie sein. Ein Sechser geht nicht mehr. Aber mal sehen, da ist ja noch einiges möglich.«

Marions Hinterkopf registrierte: In der Hosentasche stimmten die Zahlen bisher ganz genau. 1 - 2 - 3 - 4 - 5 - 6 -7 merkte sich ja auch so gut.

Die vierte Kugel landete im Ziel ... 3.

»Juhuu, die passt bei diesen beiden Tipps!«, jubelte Tanja. »Los, weiter, weiter!«

Hinterkopf: ‚Ja, passt.'

Kugel Nummer fünf ... 2.

»Hätte es nicht die 22 sein können, verdammt noch mal. Das war jetzt nichts! Weiter!«

Gierig starrten vier Augen auf den Bildschirm.

Kugel Nummer sechs ... 7.

»Mist, jetzt gibt es nur die eine Chance, dass es wenigstens noch ein Dreier wird. Dann gehen wir mal schön zusammen essen, nicht wahr?«

Die beiden nickten sich an.

Hinten in Marions Hosentasche befand sich unterdessen ein Fünfer mit Superzahl. Von dem wusste aber hier im Raum nur eine Person, und die konnte davon nichts verraten. Wie käme das denn an!?

Gebannt schauten die beiden auf die eben wieder rollende Kugel und versuchten sie zu hypnotisieren. Das musste jetzt die Richtige sein! Im anderen Kopf hieß es anders: Jetzt nicht noch die, es reicht, eine sechsstellige Summe reicht, um Himmels Willen!

»Dass du so mitfieberst, das hätte ich nicht gedacht. Ich weiß ja, dass du nur aus Freundschaft mitgetippt hast, was ich übrigens schön finde. Denn sonst hätte ich das gar nicht gemacht. Außerdem fiebert es sich gemeinsam besser! - Aber letzten Endes geht es nun nur noch um das symbolische Essen. Oder hat´s dich diesmal auch gepackt? Das gibt´s doch gar nicht! Du siehst ja ganz verschwitzt aus!«

Die Kugel landete im Ziel, und es erschien die Fünfzehn.

»Das war ja klar, die Fünfzehn passt nirgendwo!«

Der gemeinsame Tippschein landete zerknüllt im Müll.

»Jetzt haben wir wieder einigen wenigen ihren Riesengewinn finanziert. Aber die Hoffnung bis jetzt, das war doch auch was, nicht wahr?«

Marion stand abrupt auf und eilte zur Tür, ohne nach links und rechts zu schauen.

»Du bist nicht etwa neuerdings eine von den schlechten Verlierern geworden?! Bist du nun auch noch eingeschnappt, oder was? Mann, es geht doch nicht ums Leben!«

Die Tür fiel ins Schloss, und man hörte im Treppenhaus sich entfernende Schritte. Tanja zuckte mit den Schultern und schaltete um zum Krimi.

***

Sie lag auf der Luftmatratze und ließ sich wohlig von der Sonne bestrahlen. Irgendwo schrillte ein Signal, und alle sollten aus dem Wasser heraus. Nein, jetzt doch nicht! Warum, zum Teufel!?

Endlich begriff Tanja, dass sie geträumt hatte und dass es an der Tür klingelte.

Nanu? Jetzt, mitten in der Nacht?

Vor der Tür stand Marion. Man hätte annehmen können, sie wollte die Tür eintreten. »Na los, lass mich rein! Bist du munter genug für eine Überraschung?«

Sie eilte voran ins Wohnzimmer, holte einen Zettel aus ihrer Hosentasche und warf ihn auf den Tisch.

»Häh, der Lottoschein? Den hatte ich doch weggeworfen. Wann hast du den denn wieder rausgeholt? Willst du mich ärgern?«

Tanja griff nach dem Zettel.

»Stopp! - Schau dir doch einmal die Zahlen an!«

Langes Schweigen.

»Wie denn das? Die Zahlen - die sind doch fast richtig. Was machst du denn für Witze?!«

Als die Geschichte schließlich heraus war, herrschte zunächst betretenes Schweigen.

Beide atmeten durch.

»Am Nachmittag haben wir ausdiskutiert, was das bedeutet - und jetzt ist es soweit! Los, hol den Champagner! Den haben wir uns doch extra für diese Gelegenheit gekauft!«

Bald klangen die Gläser, und die beiden malten sich in den nächsten Stunden aus, was sie mit dem Gewinn anfangen würden, begonnen mit dem gemeinsamen, schon lang vergeblich erträumten Mexiko-Urlaub.

Fröhlich begaben sie sich schließlich spät in der Nacht zur Ruhe - mit schönen Träumen und froher Erwartung.

Übrigens:

Der letzte Teil verlief in Wirklichkeit nicht so schön wie hier ausgemalt, sondern etwas anders.

In der Nacht klingelte niemand bei Tanja, und so schlief diese tief und fest bis in den Sonntag Vormittag hinein.

Als sie gefrühstückt hatte, klingelte sie bei ihrer Freundin.

Mehrmals.

Aber niemand öffnete.

Und auch in den nächsten Tagen öffnete niemand. Marion war wie vom Erdboden verschwunden.

Tanja vermisste noch lange ihre beste Freundin, doch alle Mutmaßungen und Nachfragen führten ins Leere.

Abendessen mit Hindernissen

»Mit dem Humor hat es meist
ein Ende, treten so genannte
Witzfiguren auf den Plan.«

(Martin Gerhard Reisenberg)

Wenn du in zwei Stunden endlich da bist, essen wir schön gemütlich zusammen! Lass dich überraschen, was es gibt!« Die beiden schickten sich übers Telefon ein Küsschen, bevor sie auflegten.

Nun nahm Annegret den Herd in Visier. Auf dem Tisch daneben stand schon alles bereit, womit sie das leckere Gericht zaubern konnte: das Fleisch, die Kartoffeln und die Bohnen aus dem eigenen Garten, Bratfett und Gewürze.

Ihrem Mann etwas Schönes zu kochen, auf das er sich beim Heimkommen freuen konnte, das hatte sich mittwochs schon richtig eingebürgert. Das war ihr freier Tag, der sich durch ihre Teilzeitarbeit ergeben hatte.

Schon seit fast zwanzig Jahren arbeitete ihr Mann in der Bauaufsicht. Und wenn jeder Tag achtundzwanzig anstelle vierundzwanzig Stunden hätte, dann bliebe trotzdem noch genügend zu tun für ihn. Nach siebzehn Uhr käme er wohl ungefähr. So war es meistens, lautete ihre Erfahrung aus dem gewohnten Alltag der letzten Jahre.

Draußen war wieder so ein typischer Altweibersommertag: sehr sonnig, kaum Wind, klare Sicht und schönes buntes Herbstlaub an den Bäumen. Im Gegensatz zu den noch relativ warmen Tagen bewegten sich die Nachttemperaturen aufgrund des klaren Himmels um die Null Grad. Eben Frühherbst.

Annegret nahm einen langen Schluck aus der Wasserflasche, klatschte in die Hände und meinte: »Pack mr´sch!«

Sie rieb das Bratenstück mit Gewürz ein, gab Fett in die Pfanne, und als es heiß genug war, kam das Rindfleisch hinein. Sie briet das Fleisch wie gewohnt bei großer Hitze an, bis die alle Außenseiten angebräunt waren. Dann kam ein kleiner Schwall Wasser hinein, und es dampfte und zischte natürlich erst einmal gehörig. Wenig später ein Schuss Rotwein dazu, und nun hieß es: dabeibleiben beim weiteren Durchbraten.

Da klingelte das Telefon. Annegret warf noch einen prüfenden Blick auf die Pfanne, ob sie diese kurz verlassen könne - ja, es war genug Flüssigkeit drin. Also eilte sie ans Telefon.

»Können Sie mir bitte die Marke Ihres Fernsehers mitteilen?«

Kurzes Schweigen. Denn Annegret wusste vorerst nicht, was das sollte. Dann fragte sie: »Wozu wollen Sie denn das wissen, und wer sind Sie überhaupt?«

Eine eifrige Stimme antwortete: »Ja, wir machen gerade eine Umfrage wegen der Elektronik in den Haushalten ...«

Nun war bei Annegret sofort der berühmte Schalter umgelegt, und sie warf ihre Antwort kurz hin: »Ich mache generell keine Umfragen mit!« Während ihr telefonischer Gegenüber noch bei irgendeiner Höflichkeit war, hatte sie schon aufgelegt. Was die alles wissen wollten! Unmöglich!

Annegret eilte wieder zum Herd. Aber selbstverständlich war nichts passiert in dieser kurzen Zeit. Sie widmete sich in der nächsten halben Stunde weiter dem Braten, wusch nebenbei auf und säuberte die Tisch- und Ablageflächen. Allmählich verbreitete sich ein verheißungsvoller Duft als Vorbote des leckeren Abendessens. Nun konnte sie den Braten in die vorgeheizte Backröhre stellen, damit er allmählich gar würde.

Wieder klingelte das Telefon. Schon wieder eine Umfrage!?

Annegret vernahm eine aufgeregte weibliche Stimme: »Stell dir vor ...«

Die Frau klagt ihr ganzes Leid. Irgendwann in einer Pause mischte sich Annegret ein: »Entschuldigen Sie, ich glaube, Sie haben falsch gewählt, ich bin gar nicht Ihre Schwester!«

Kurzes Schweigen.

»Ach, ich bin so aufgeregt von dem allen, was ich Ihnen eben erzählt habe! Ich hätte ja wenigstens erst mal fragen können, wer dran ist, oder sagen können, wer ich bin. Ich dachte die ganze Zeit, ich rede mit meiner Schwester. Aber schön war es trotzdem, dass Sie mir zugehört haben. Hoffentlich habe ich Sie nicht zu sehr belästigt mit meinen Problemen!«

Die beiden konnten sich aber so schnell nicht trennen. Sie boten sich das »Du« an, tauschten ihre Telefonnummern aus und versprachen sich gegenseitig, bei Gelegenheit wieder einmal zu plauschen. Für beide war es doch ein wunderschönes Gespräch geworden.

Plötzlich hielt Annegret inne. »Wart mal, ich muss jetzt auflegen. Hier ist irgendetwas anders, ich weiß nur nicht was. Tschüss derweile!«

Als sich der Telefonhörer wieder an seinem Platz befand, schaute sie sich dann immer wieder um und lauschte. Was war hier anders? Richtig! Sie schnupperte. Und da! Im Ofen dampfte es, aber entschieden zuviel! Natürlich, sie hatte versäumt, noch einmal genügend Wasser zuzugießen, und so war das schöne Essen inzwischen angebrannt und duftete überhaupt nicht mehr so verlockend wie bei der letzten Kontrolle. Verdammt!

Sie riss die Backofentür auf und ging schnell einen großen Schritt zurück, um den Dampf nicht abzubekommen. Verärgert stellte sie fest, dass hier kaum etwas zu retten war. Ade, du schöner Rinderbraten!

Plötzlich klingelte wieder das Telefon. Das Gespräch fortsetzen? Aber nein: Jemand wollte Bescheid sagen wegen der Reservierung eines Vierpersonentisches. Wie? Wo?! Was sollte das nun wieder!?

Annegret unterbrach die Anruferin: »Sie sind hier falsch! Hier ist keine Gaststätte, und hier gibt es keine Reservierungen! Gucken Sie gefälligst richtig hin, bevor Sie anrufen!«

Am anderen Ende der Leitung herrschte plötzlich Ruhe. Dann vernahm Annegret eine schnelle Entschuldigung von wegen falsche Nummer, und schließlich wurde aufgelegt. Entschuldigen war ja wohl das Mindeste!

Als der Hörer wieder aufgelegt war, sammelte sie einen Moment.

Etwas neues kochen ... Was denn gleich einmal? Schnell müsste es ja gehen in der jetzigen Situation.

Das Telefon klingelte wieder.

Schon hatte sie den Hörer wieder am Ohr. - Wahnsinn, es war dieselbe Stimme wie eben! Wieder die Frage nach der Tischreservierung! Jetzt lief ihr die Galle über, und sie schimpfte: »Sie schon wieder! Das kann doch nicht wahr sein! Sie müssen doch merken, dass Sie hier falsch sind! Und überhaupt ...«

Plötzlich merkte sie, dass ihre Gesprächspartnerin gar nicht mehr am anderen Ende war. Sie hatte schon längst aufgelegt, und die Schimpfkanonade irrte ziellos durchs Telefonnetz.

Annegret knallte den Hörer verärgert hin. Nun hieß es sich beeilen mit dem neuen Essen, damit es rechtzeitig fertig wurde, bis ihr Mann heimkam. Sie schaffte noch ein schnelles Fischfilet aus der Tiefkühltruhe, aber gerade so.

Als ihr Mann klingelte, war der Tisch gedeckt, und bei jedem stand ein Glas Wein.

Während er seine Garderobe aufhängte, beobachtete er stumm, wie Annegret mit den Schüsseln und Tellern hin und her hastete. Ab und zu klapperte es gefährlich laut. Seine Erfahrung sagte ihm, dass er jetzt besser nichts äußern sollte. Eigentlich hätte er sie schon gerne gefragt, was los war. Aber nein, lieber nicht.

An ihm schien es ja diesmal nicht zu liegen, oder? Er war sich zumindest keiner Schuld bewusst.

Endlich stand alles bereit, zum Glück, ohne dass irgendetwas heruntergefallen war, wie er insgeheim schon befürchtet hatte. Beide setzten sich nieder, schauten sich in die Augen und hoben die Gläser. Gerade wollten sie anstoßen, da - bing!

»Nicht jetzt!«

Aber wie es so war: Annegret hielt es nicht aus, sie musste den Telefonhörer abnehmen.

Die Stimme kam ihr bekannt vor, den Sinn der Worte erfasste sie jedoch nicht sofort:

»Ich wollte nur sagen: Wir brauchen noch zwei Reservierungen mehr. Die wollte ich bei Ihnen jetzt bestellen.«

Die Mutprobe

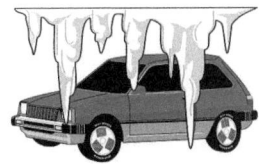

»Mut ist die Tugend,
die für Gerechtigkeit eintritt.«

(Marcus Tullius Cicero)

Heute bist du dran! Endlich, denn darauf hast du doch schon lange gewartet: richtig zu uns zu gehören! Oder?«

Brian blickte ihm ins Gesicht, und Fabian konnte seine Sehnsucht nicht verbergen. Schon lange zog er mit der Truppe durch die Gegend. Da die geklaute Zigarette, die dadurch erst richtig gut schmeckte, dass sie geklaut war, da ein Graffiti an der weißen Wand, da ein umgestürzter Papierkorb ...

Und immer die braven Leute, die vorbeiliefen und sich entrüsteten, wer das wohl wieder gewesen sein könnte. Diese Spießbürger, die sich so aufregten und doch nichts machen konnten. Das war der schönste Lohn. Alle hatten sie im Grunde Angst. Und keiner wusste, wer´s gewesen war. Es war auch nicht heraus zu bekommen!

Was hatte sich wohl Brian diesmal ausgedacht?

Neugierig blickte Fabian ihn an. Er wollte es endlich hinter sich haben und dazu gehören. Endlich!

»Na los, sag schon! Soll ich irgendwo was klauen oder mich dumm benehmen? Oder probieren, wie lange ich es im kalten Wasser aushalte?«

Brrrr! Er schaute auf die verschneiten Bäume und die zugefrorenen Pfützen.

»Jaaaaaa! Mit kaltem Wasser. Das ist ein guter Gedanke!«

‚Nein, bitte nicht!', schrillten die Alarmglocken in Fabians Hinterkopf.

»Hineinsteigen ins Wasser sollst du nicht, keine Angst! Womöglich erfrierst du uns noch. Das wollen wir doch auch nicht.« Brian schaute in die Runde seiner Freunde. Er registrierte beifälliges und erwartungsvolles Nicken.

‚Aber irgend etwas brütet er doch aus!', dachte Fabian.

»Es gibt viel schönere Dinge, an denen wir alle unseren Spaß haben! Und den wollen wir nun mal, das ist die Hauptsache!«

Brian drehte sich herum und schaute die Straße hinunter. Wie jeden Tag waren dort die Autos abgeparkt von den Leuten, die in den beiden Mietshäusern wohnten und morgen früh auf Arbeit mussten.

»Seht ihr die ganzen Autos stehen? Stellt euch mal folgendes vor: Morgen früh rennen alle diese Leute herum wie angestochen und müssen die Scheiben frei kratzen. Warum? Weil irgend so ein Blödmann Wasser über das Auto gegossen hat in der Nacht. Ein schönes Bild! Das können wir alle gut aus dem Fenster beobachten. Dafür lohnt es sich übrigens, ganz früh aufzustehen. Manchmal ist es nämlich richtig schön, ein Blödmann zu sein, nicht wahr?«

Der Blick war nun auf Fabian gerichtet. »Du kennst deine Aufgabe, was wir morgen früh hier sehen wollen! Dein Ziel sind die Autos gegenüber. Je mehr du schaffst, desto besser! Am besten alle. Klar?«

»OK.«

Sie trennten sich. Während sie nacheinander im Eingang ihres Hauses verschwanden, musterten sie mit Vorfreude die Reihe der Autos.

***

Fabian schleppte den siebenten Eimer Wasser vom Kellerraum zur Straße. Alles war gut gegangen. Jetzt, nachts um zwei, hatte das natürlich keiner bemerkt. Die Straßenbeleuchtung war ziemlich schummrig und erreichte ihn kaum, weil er schön weit außen herum lief. Immer mehr sehnte er das Ende dieser Aktion herbei. Der Frost knackte, aber ihm war heiß trotz der Kälte.

So. Fertig. Acht Autos.

Erschrocken blieb er plötzlich stehen. Der Wagen, den er zuletzt behandelt hatte, sah nicht nur bekannt aus, sondern war es auch: der dunkle Fiat seiner Mutter!

Eindeutig - das war ihr Nummernschild. Warum musste sie denn ausgerechnet heute ihr Auto hier hinstellen und nicht an den gewohnten Platz!?

Na, egal, es war nichts mehr zu ändern. Gerade sie mit zu erwischen - das wollte er überhaupt nicht. Aber passiert war eben passiert, da konnte er nichts mehr machen! Außerdem - er hatte ja nichts kaputt gemacht!

***

Von der Straße hörte man Geräusche. Um jedes Auto herum eilten die Eigentümer mit ihren Eiskratzern. Es war schwer, die Autos vom Eis zu befreien bei einer Temperatur von rund minus zehn Grad. Die meisten hatten den Motor angelassen, um die Scheibenheizung arbeiten zu lassen. Immer wieder hörte man Flüche.

»Idiot! Wenn ich den erwische!«

Ja, wer jetzt diesen Leuten verdächtig vorkam und ihnen in die Hände fiel, der hatte nichts zu lachen!

Aber die lachten, die waren hinter den Gardinen und ließen sich tunlichst nicht sehen.

Mit der Zeit entfernte sich einer nach dem anderen, um mit dem endlich befreiten Auto auf Arbeit zu fahren.

Übrig blieben ein blauer Fiat und ein roter Ford. Die eine Frau rannte verzweifelt um ihr Auto. »Ausgerechnet heute passiert so etwas! Aber nun komme ich sowieso zu spät zum Vorstellungsgespräch. Da hat es eigentlich gar keinen Sinn mehr, dass ich überhaupt noch losfahre! Scheibenhonig! Idioten, verdammte! Die Folie haben sie einfach abgerissen!«

Fabian, der wie jeden Morgen gemeinsam mit den Eltern aufgestanden war, hielt es nicht mehr hinter der Gardine. Er eilte auf die Straße und half seiner Mutter am Auto. Sagen konnte er nichts, er fühlte sich nur mies.

Nein: obermies.

Den Dank seiner Mutter hörte er gar nicht mehr, als er ins Haus zurück flitzte, während sie losfuhr.

***

»Mann, das hast du gut gemacht! Und da war eine dabei, der habe ich das voll gegönnt!! Nebenbei bemerkt - das war doch deine Mutter? Als ich Lehrling war im selben Betrieb, wo sie auch ist, wollte die mir ständig erzählen, was Ordnung ist, und hat mir Zusatzaufgaben aufgebrummt, wenn ich es nicht so hingebracht habe, wie sie es wollte! Endlich hat es geklappt mit einer Revanche! Die war überhaupt nicht auf ihrem hohen Ross wie sonst! Da hast du mir eine besondere Freude gemacht. - Und dass du ihr noch geholfen hast - clever, clever!! Dadurch bist du wenigstens nicht verdächtig! Also - willkommen im Club!«

Fabian brummte etwas Unverständliches und dachte für sich: ‚Endlich ist es vorbei!'

Schnell kehrte er wieder nach Hause zurück, weil er überhaupt nichts mehr hören wollte von seiner ‚Ruhmestat'.

***

Am Abendbrottisch ging es selbstverständlich um den vergangenen Morgen.

»Habt ihr das mitbekommen? Sämtliche Autos vom Haus drüben waren vereist. Irgend so einer, der nichts Besseres zu tun hatte, hat Wasser darüber gegossen. Was das heißt bei der Kälte, könnt ihr euch ja denken«, erzählte der Vater aufgeregt.

»Stell dir vor, meins war auch dabei!«, brummte die Mutter. »Aber mit Fabians Hilfe hat es schließlich nicht ganz so lange gedauert, das Auto wieder flott zu machen. Doch eine halbe Stunde ist es bestimmt trotzdem geworden. So kam ich natürlich zu spät zur Arbeit.«

»War da nicht gerade das Vorstellungsgespräch beim neuen Chef angesetzt? Du hattest doch solche Angst vorweg, weil der so pingelig sein soll. Was war denn nun los?«

Alle Blicken waren nun auf sie gerichtet.

»Ja - wenn man bedenkt, dass ich gleich wieder hätte abtreten können nur wegen einer solchen Dummheit! Aber wie das Leben so spielt! Ich weiß nämlich dadurch jetzt, wo er wohnt, mein neuer Chef: nämlich auch hier - dort gegenüber. Er hat sich dreimal bei mir entschuldigt, dass er zu spät kam. Warum wohl?? Weil er sein Auto frei kratzen musste heute früh. So kamen wir natürlich gleich viel besser ins Gespräch.«

»Da musst du dich ja fast noch bedanken. Leider weißt du nicht, bei wem!«

ÜBRIGENS:

Ich mag es schwarz. Nein, weniger bei der Kleidung - aber beim Humor. Und so war der Ansatzpunkt der letzten Geschichte ein Spruch aus einem Buch über schwarzen Humor:

»Dein Nachbar kratzt morgens länger an seinem Auto, wenn du es am Abend vorher mit Wasser übergießt.«

Cyber-Mobbing

»Hinterm Rücken lernt man sich
am besten kennen.«

(Sprichwort)

Vorweg:

Soziale Netzwerke und Chatrunden sind hochaktuell (oder sehr »in«). Dort herrscht Hochkonjunktur.

»Bist du auch bei Facebook?«

Auf mein »Nein!« gibt es eine freundliche und nichts sagende Entgegnung. Aber mein gezieltes Beobachten ergibt das Erwartete. Die Miene sagt: Na klar – die ist zu alt. Das ist nichts mehr für die.

Stimmt ja auch. Das ist wirklich nichts für mich. Doch vor allem aus folgendem Grund: Weil ich mich mit Computern zumindest etwas auskenne, ahne ich, wie viel Unerwünschtes und Unschönes, was man eigentlich gar nicht gewollt hat, auf diese Weise im Hintergrund möglich ist. Denn die Aussicht, sich so bequem aus den eigenen vier Wänden heraus weltweit zu präsentieren und über sich zu berichten oder sich nett zu unterhalten, wird bei mir überwogen von der Erkenntnis: Hier geben viele freiwillig von sich alles Mögliche preis! Keiner muss sie ausspionieren, alles geschieht vollkommen freiwillig!

Ja, und was es dadurch alles geben könnte oder vielleicht schon gibt, dafür reicht die Phantasie nicht aus. Das folgende Beispiel ist nur eine winzige Kleinigkeit ...

Nun kommt wieder die schönste Unterrichtsstunde des Tages – Chemie. Wir haben vier Stunden in der Woche, und dafür lebe ich zur Zeit. Alles andere ist Nebensache. Schon wenn wir das Zimmer betreten, halte ich Ausschau nach ihm. Wäscht er Reagenzgläser aus oder rückt er einen Stuhl zurecht? Wischt er die Tafel noch einmal selbst ab, weil sie ihm nicht sauber genug ist?

Ja, bei ihm muss Ordnung sein. So dürfen wir beispielsweise im Chemiezimmer nicht essen, sondern müssen mit dem Frühstücksbrot vor das Zimmer gehen. Mir imponieren diese festen Normen, auf deren Einhaltung er auch streng achtet. Und jedes Mal freue ich mich auf die nächste Stunde.

Ich sitze in der dritten Bank, neben meiner Freundin Nina. Von dort aus kann man ziemlich alles gut sehen. Und andererseits ist es auch nicht gefährlich, als wenn man ganz vorn sitzen würde.

Die Freundschaft mit Nina wurde übrigens vor nicht allzu langer Zeit ziemlich erschüttert, für mich völlig überraschend.

Das Geschehen nahm seinen Anfang in eben so einer Chemiestunde. Der Lehrer kam herein, stellte eine große blecherne Konservenbüchse auf den Tisch und füllte sie mittels des Kipp-Apparates mit Wasserstoff. Nun gut, das sollte er halt machen, dachte ich, und die anderen wohl auch. Er ging danach lächelnd zur Seite – ach, wie ich dieses Lächeln mag! - und lehnte sich auf den Fensterstock, während er in die Klasse blickte. Und wir schauten zurück, in Erwartung dessen, dass er vielleicht wieder etwas Spannendes erzählte. Doch das würde wohl noch ein Stück dauern. Also warteten wir. Und er irgendwie auch.

Plötzlich ein unbeschreiblich lauter Knall!

Die ersten beiden Reihen waren plötzlich leer, weil die, die dort gesessen hatten, zur Seite geflüchtet waren. Viele andere waren aufgesprungen.

Am Fensterstock lehnte immer noch der Lehrer und schaute gelassen schmunzelnd in die Runde. Nun war klar, worauf er gewartet hatte! Und wir würden uns das ziemlich lange merken.

Die Konservendose lag irgendwo auf der ersten Bank. Alle schauten sich verwirrt um.

»Ihr könnt euch wieder hinsetzen! Dass Sauerstoff und Wasserstoff eine gefährliche Mischung ergeben, die angezündet dann Knallgas heißt, habt ihr jetzt gesehen und gehört! Es geht nun normal weiter!«

Das waren sie, seine Überraschungen. Damit wurde es nie langweilig.

Aber unbedingt musste immer Ordnung herrschen, und wehe, wenn nicht!

So mochte ich es. Aber so ein bisschen bedauerte ich auch diejenigen, die nicht so gut zurecht kamen bei ihm. Die kriegten das manchmal zu spüren.

An jenem Tag sah es wieder ganz danach aus. Die Wertigkeiten von sechsundzwanzig Elementen mussten wir auswendig lernen, und jetzt bahnte sich die Kontrolle an.

Er hatte den grünen Zeigestock aus Glasfiber in der Hand. Der war schon nicht mehr richtig heil, weil er damit schon öfter auf den Tisch gehauen hatte.

Unnachsichtig zeigte er auf den, der gerade dran war. Vorsagen funktionierte hier nicht. Das merkte er, und da wäre dann echt was los.

»Eisen!?« – »Zwei, drei!«

»Chlor!?« – »Minus eins!«

»Kalzium!?"« - ???

Hier kam keine Antwort. Also ...

»Du weißt Bescheid: achtzigmal die sechsundzwanzig Elemente mit ihren Wertigkeiten. Und zwar handschriftlich, nicht mit dem Computer. Du sollst es dir ja endlich einprägen!«

Puhh! Daran ging nichts vorbei. Der Arme! Wieder Dennis!

Die Kontrolle dauerte höchstens fünf Minuten, und noch zwei Mitschüler »durften« schreiben, auch die ängstliche Christin. Die konnte schon nichts mehr sagen, wenn der Zeigestock nur erschien.

Dann folgte die eigentliche Chemiestunde, die ich wie immer sehr genoss.

Und er gefiel mir immer besser, mit seinen braunen Augen. Ich hatte nur noch Sinne für ihn und war voll in seine schöne Chemie versunken. Hier verstand ich alles und fand alles schön.

Nina wisperte irgend etwas zu mir herüber, ich glaube, von Eis essen am Nachmittag oder Ähnliches.

‚Doch nicht jetzt, später! Ich bin anderweitig beschäftigt!', dachte ich nur.

Als die Stunde leider schon wieder vorbei war, ging ich langsam hinaus und machte mich auf den Weg ins nächste Zimmer.

Bis zur folgenden Chemiestunde musste ich bis zum nächsten Tag warten. Bis dahin konnte ich nur ständig den Gang entlang wandern und nach ihm Ausschau halten. Manchmal kam es mir so vor, als ob er mich auch besonders wahrnähme. Aber ich traute mich sowieso nicht, etwas von mir zu geben. Die anderen dürften schließlich davon nichts mitbekommen.

Das wäre ja!

»Heute Nachmittag wieder in LOOK-AT-ME unter OLALA«, hörte ich. War das nicht Nina gewesen? Warum fragte sie mich nicht?

***

LOOK-AT-ME unter OLALA.

Das ließ mir keine Ruhe. Den ganzen Nachmittag hatte ich nun Zeit zum Nachforschen. Meine Eltern kamen sowieso immer erst um sechzehn oder siebzehn Uhr von der Arbeit. Und ständig nur Hausaufgaben machen, das hält kein Mensch aus.

LOOK-AT-ME unter OLALA.

Vierzehn Uhr war es. Da konnte ich doch mal nachschauen! Die Seite öffnete sich. Mein Alias? Na gut: WURM. Der WURM war alleine, keiner da. Und tschüss!

Um drei probierte ich es noch einmal. Und da war ich nicht mehr allein.

»Die Queen« schrieb: »Hast du sie wieder gesehen, mit diesem verklärten Blick?«

»Grupi«: »Sie hat sich richtig verknallt in den Alten!«

»Kumpel«: »Ich muss das die ganze Stunde beobachten, kann keinen klaren Gedanken fassen. Na ja, da muss ich eben die Wertigkeiten schreiben. Was tut man nicht so alles für sein Vergnügen.«

»Die Queen«: »Wenn wir Chemie haben, kann ich sie vergessen. Ich habe sie gefragt, ob sie mit Eis essen gehen will heute. Das hat sie gar nicht mitbekommen. Der Kopf ist immer nur in seiner Richtung. Und das bescheuerte Gegrinse! Ich hab keine Lust mehr. Die braucht mal einen Denkzettel.«

»Kumpel«: »Mit ihr darf keiner mehr reden, bis sie endlich wieder normal ist!«

»Grupi«: »Ich weiß was: Ich sitze hinter ihr. Die soll sich morgen lieber nicht anlehnen!«

»Superman«: »Das könnt ihr doch nicht machen, das ist gemein! – Wurm, was meinst du denn? Wer bist du überhaupt?«

Ich zuckte zusammen. Richtig, ich war ja auch hier, und ich sollte bestimmt nicht hier sein! Mir schoss durch den Kopf: ‚Wer hat denn heute in Chemie gefragt wegen Eis essen?' Das konnte doch nicht wahr sein! Mir wurde warm und irgendwie komisch. Was sollte denn das morgen werden? Ich durfte mich gar nicht mehr in die Schule trauen!

»Wurm«: »Als ihre Freunde müssen wir mal mit ihr reden und ihr den Kopf zurecht rücken!«

»Die Queen«: »Freunde gut und schön! Aber das ist ja nicht mehr normal mit ihr!«

»Superman«: »Ach so: Macht, was ihr wollt, ich mach da nicht mit. Ich finde sie übrigens gar nicht so übel. Bloß das ist wie verhext, sie hat keine Augen für mich, sie sieht immer nur ihn ... Ich bin jetzt fort!« Und weg war er.

»Die Queen«: »Hat der eine Geschmacksverirrung, oder was??«

Eine kleine Weile ertrug ich das noch, dann loggte ich mich aus. Und mir fielen immer mehr Schuppen von den Augen.

***

Am nächsten Morgen ging ich wie immer in die Schule, natürlich mit Nina zusammen, wie gewöhnlich. Aber irgendwie glaubte ich ihr nicht mehr.

Das war wie in dem Märchen: ‚Oh wie gut, dass niemand weiß, dass ich Rumpelstilzchen heiß!' Nicht schlecht eigentlich ...

Jedenfalls würde ich nicht so ahnungslos in die Fallen tappen, die sie sich für mich ausgedacht hatten.

Doch wer war »Superman«? Da hatte ich die ganze Zeit jemand übersehen. Sollte ich etwa doch einen Freund haben und wüsste gar nichts davon?? Es müsste ja ein Junge aus meiner Klasse sein. Ich musterte sie nacheinander, als wir vor der Schule eintrafen und zu unserer Truppe stießen.

Dabei fiel mir ein Blick besonders auf: abwartend, vielleicht etwas bedauernd, Anteil nehmend. Wir blieben mit den Augen aneinander hängen.

Ich ging kurzerhand zu ihm hin. »Hallo, Superman!«

Nach kurzem Zögern kam die Antwort: »Hallo, Wurm!«

Das konnte doch nicht wahr sein!

Da nun alles klar war, gingen wir zusammen zur Seite. Die dummen Blicke, die uns folgten, genoss ich. Noch mehr gefiel mir, dass er den Arm um mich legte.

Da konnte mir nun eigentlich nichts mehr passieren. Ich hatte jetzt einen richtigen Freund, hurra!

Das Problem mit dem Vornamen

»Nichts kann mehr zu einer Seelenruhe beitragen, als wenn man gar keine Meinung hat.«

(Georg Christian Lichtenberg)

Allmählich kam das Klinikgebäude in Sicht.

»Ob ich auch nichts Notwendiges vergessen habe einzupacken?« Sie deutete auf die große Reisetasche, die er trug.

»Ich denke schon, dass wir alles dabei haben«, meinte er. »Wie geht´s dir übrigens?«

»Ich merke momentan nichts. Aber die Wehen werden bald wieder da sein, denn es ist ungefähr eine Stunde her seit der letzten. Was ich immer so gehört habe: Die Abstände zwischen den Wehen werden unmittelbar vor der Geburt immer kürzer. Wenn es nur schon vorbei wäre!«

»Wie wollen wir unser Kind denn nennen? Das müsste nun allmählich entschieden werden. Warum hast du dir eigentlich nicht sagen lassen, ob es Junge oder Mädchen wird?«

»Verstehst du das nicht? Das ist doch viel spannender. Früher wussten das die Leute schließlich auch nicht.«

»Aber bei den heutigen Möglichkeiten kann man doch wirklich mal fragen danach! Außerdem müssten wir uns nur um die Hälfte Namen Gedanken machen!«

Sie wandte sich ab, weil sie keine Lust mehr verspürte, über dieses Thema zu reden. Zu viele Dinge waren in dieser Hinsicht in letzter Zeit auf die beiden eingestürzt. Immer wieder endeten diesbezügliche

Überlegungen ohne ein zufrieden stellendes Ergebnis.

Sie erinnerte sich der häufigen Wortwechsel vorm Fernseher, wenn der Abspann eines Filmes lief oder der Name einer gerade sprechenden Person eingeblendet wurde. Dann lasen sich die beiden die manchmal ellenlangen Namenskonstruktionen vor: Josef-Otto Müller-Wunderlich, Sophie-Brigitte Lehmann-Naumburger und so weiter. Die mochten wohl originell beabsichtigt sein, doch das Ergebnis war oft fraglich.

Dann gab es Kommentare ungefähr dieser Art: »Ehe du in so einem Fall dein Kind gerufen hast, ist es schon dreimal um die Ecke verschwunden!« - »Da sagt sowieso kein Mensch Alexander-Christian. Die nennen den einfach Alex und fertig. Bis das Kind dann selbst seinen Namen richtig aussprechen kann ... na, gute Nacht!« - »Das soll wohl der neue Adel von heute sein?!«

Schließlich mündete das in Äußerungen wie: »Wer in unsere Familie mit Doppelnamen ankommt, der fliegt raus!«

Aber da gab es noch genug andere Probleme.

»Weißt du noch: Großvater will unbedingt, dass wir als Zweit- oder eventuell Drittnamen die Vornamen eines Eltern- oder sogar Großelternteiles nehmen. Das wäre so Tradition!« Die Äußerung verriet, dass sich seine Gedanken ebenfalls um dieses Thema drehten.

»Wenn es ein Mädchen wird und wir es Cindy nennen würden, dann brauchten sie nur noch mit pinkfarbener Kleidung als Geschenk anzukommen, und schon sind wir bei Cindy aus Marzahn! Eine schreckliche Vorstellung. Womöglich prägt der Name das spätere Aussehen! Nicht auszudenken!«

Auch so mancher normale und eigentlich schöne Name schloss sich aus. Da kannten sie jemand, und an die betreffende Person wollten sie nicht immer denken müssen, wenn es um ihr Kind ging.

Oder wenn das Kind mit einem lang gezogenen Schrei vom Spielplatz nach Hause gerufen würde: »Miiiiiaaaaaa - komm! Nooooooo-eeeeeeel! Theeeeaaaaa, komm nach Hause!«

»Ich möchte eigentlich gerne, dass man am Namen gleich erkennt, ob es ein Junge oder ein Mädchen ist. Da gibt es ja heutzutage eigenartige Varianten, zum Beispiel Chris oder Dion-Luca oder so, bei denen du es manchmal gar nicht gleich wissen kannst.«

Ein Auto raste vorbei. An der Heckscheibe war zu lesen: »Silas an Bord!«

»Was ist denn das - ein Meerschweinchen vielleicht??«

»Auf wen sollen wir noch alles Rücksicht nehmen!? Schließlich ist es ja unser Kind. Da sollte man diese Entscheidung auch uns überlassen und es nicht übertreiben mit dem Reinreden!«

So allmählich klang er richtig böse.

Die beiden betraten nun die Klinik. Vorher mussten sie kurz stehen bleiben, um bei ihr eine Phase Wehen vorüber gehen zu lassen.

Als sie den Gynäkologiebereich betraten, blieben sie an der Wandzeitung stehen, wo die Fotos der zuletzt auf der Station geborenen Kinder zu sehen waren und zwei Namenslisten mit den häufigsten Mädchen- und Jungennamen.

Neben geläufigen oder wieder aktuellen Namen wie Lukas, Julia, Tom, Willi, Maxi, Louise fanden sich auch Sidney-Vince, Selenja Charlyn, Liam-Loki, Luna, Nooran, Dakota, Mo und andere.

»Oh je, was tun da nur manche ihrem Kind an!«

»Man sollte als Deutscher sein Kind auch vom Namen her deutsch erscheinen lassen, ohne gleich an negatives Deutschtum zu denken.«

Sie schauten sich stumm und verstehend an und gingen weiter zum Empfang. In ihrem Kopf drehten sich die Gedanken. Eigentlich wussten sie allmählich gar nichts mehr.

Schließlich lag sie eine halbe Stunde später im Kreißsaal. Er saß neben ihr auf einem Stuhl, und ihm ging es nicht wirklich besser als ihr.

Sie beobachtete die Anzeigegeräte. Es begann zu knirschen. Also kämen gleich wieder die Wehen. Eine »wunderschöne« Erwartung. Immer kürzer wurden die Abstände und die Schmerzen immer stärker. Ihr Mann stand oft reichlich hilflos neben dem Bett und hielt ihre Hand. In ihrem Kopf schwirrten die Gedanken und drehten sich durcheinander. In immer kürzeren Abständen wurden sie hinweggewischt von den krampfartigen Wehen.

Nebenan lag eine »erfahrene« Mutter, die ihr fünftes Kind erwartete. Sie erzählte ununterbrochen von ihren Geburten und wie sie sich die Namen überlegt hatte. Das alles war aus dem Nebenraum zu hören, aber das plätscherte vorbei.

Die Gedanken rotierten im Rhythmus des Wehentropfes bis zur totalen Verwirrung .

Oft glaubte sie, es ginge nicht mehr schlimmer und man könne es allmählich nicht mehr aushalten, dann kam endlich irgendwann die Erlösung.

Die großen Schmerzen waren vorbei. Die Hebamme hielt ein nasses, schwach schreiendes Etwas kurz an beiden Füßen fest. Anschließend wog sie das Neugeborene, legte es behutsam in ein weißes Tuch und gab es ihr in den Arm.

»Alles gut! Der Junge ist gesund und wiegt 2980 Gramm! - Aber wie soll er denn jetzt heißen?«

Die beiden frischgebackenen Eltern schauten sich an, wissend, was ihnen alles durch den Kopf gegangen war in den vergangenen Stunden. Er wartete nun gespannt auf den Namen. Sagen wollte er nichts, denn Zeit für Diskussionen war jetzt wirklich nicht.

In ihrem Kopf war alles leer und ruhig. Und plötzlich tauchten da drei Buchstaben aus dem Nebel auf, und sie sagte: »Nennen Sie ihn doch Max!«

Ausnahmen bestätigen die Regel

»Ein Teil des Lebens besteht aus Korrekturen.«

(Werner Heiduczek)

Artikel bei Versandhäusern oder im Internet zu bestellen ist heute eine der normalsten Sachen der Welt.

»Da laufe ich lieber nackig herum, aber von denen kommt mir nichts mehr ins Haus!«, war mein letzter Kommentar zu diesem Thema.

Wieso denn das??

Vor einigen Monaten war es wieder einmal soweit. Wir bestellten verschiedene Anziehsachen, und nach einigen Tagen kamen in Einzelpaketen die gewünschten Sachen: verschiedene Pullis, ein Body sowie Leggings, zur Vorsicht manches in zwei verschiedenen Größen.

Nach dem Anprobieren blieben zwei Teile übrig: eins der zwei Bodies, welches sich als zu groß herausstellte, und eine Hose.

Letztere war mir etwas suspekt. Sie hatte rote Außenstreifen und reichte mir nur bis zu den Knien - für Leggings etwas sehr kurz. »Die sieht so anders aus. Hatte ich die überhaupt bestellt?«, fragte ich in den Raum.

»Das musst du doch selber wissen«, war die Antwort meines Mannes.

Wir beschlossen, die Hose als zu klein zurückzuschicken. In einem Anflug von rationellem Denken schätzte ich ein, dass ich trotz zweier Rücksendeaufkleber beide Artikel auch in einem Päckchen zurückschicken könnte. Das wäre doch viel ökonomischer – ein Päckchen statt zwei. Gesagt, getan.

Einige Wochen später. Wir erhielten erneut ein Päckchen vom Versandhaus ABC.

»Was ist denn da drin, es ist doch alles schon gekommen. Mehr hatte ich gar nicht bestellt!«

Und was war drin: eine viel zu kleine Hose, die mir irgendwie bekannt vorkam ... Sie war an die falsche Adresse zurückgesendet worden, las ich. Nicht das Versandhaus ABC, sondern der Subunternehmer XYZ hätte das bekommen müssen.

Mein Mann und ich schauten uns gegenseitig an. »Woher sollten wir denn das wissen?«

Aha, die ungefähr fünfzehnstelligen Kennnummern der Päckchen waren verschieden gewesen ...

Nach einem klärenden Anruf bei ABC und dortigem kurzen Zögern bekam ich einen weiteren Rücksendeaufkleber. Ich sollte die Hose wieder wegschicken, was ich auch tat.

Einige Wochen später. »Ist unser Kundenkonto bei ABC jetzt geklärt?« – »Nein, da sind immer noch diese 59,90 Euro drauf.« - Hä???

Einige Wochen später. Ein Päckchen wurde geliefert. »Was ist denn da drin? Ich hatte doch gar nichts bestellt!«

Doch jetzt erst richtig neugierig geworden, allmählich auch etwas unmutig, öffnete ich hastig das Päckchen. Und was war drin – na, was denn wohl: wieder die besagte Hose!

Nach weiterem Wühlen entdeckte mein Mann ein bedrucktes Blatt: »Unser Anbieter XYZ ist nicht bereit, die Hose so zurückzunehmen. Sie enthält deutliche Gebrauchsspuren. Sie können sie behalten. Auch wenn Sie sie uns zurückschicken, bleibt die Forderung von 59,90 Euro bestehen.«

Unterschrift. Punkt.

Bei genauerem Hinsehen stellte ich fest, dass es einen Aufnäher auf dem linken Bein gegeben hatte, der abgetrennt worden war. Die Hose sah außerdem aus, als ob sie mehrfach gewaschen worden wäre. Das alles sollte mir beim einmaligen Anprobieren passiert sein?!

Jetzt kochte es bei mir wirklich über. Ich schickte eine E-Mail an ABC, die mit den Worten begann: »Es ist eine Unverschämtheit ...«, was (stark abgeschwächt) annähernd meiner derzeitigen Stimmung entsprach. Ich schrieb auch, dass ich mir es bei Nichteinigung vorbehalten würde, Rechtsmittel einzulegen, weil ich mir keiner Schuld bewusst sei.

Aber es nutzte nichts, das Versandhaus ABC beharrte auf seiner Forderung.

Nun erinnerte ich mich an einen ziemlich absurden Gedanken.

»Weißt du, es wird Zeit für mich, wieder einmal eine Zigarette zu rauchen!«

Mein Mann sah mich an, als ob ich mich allmählich zum Alien verformen würde. Sind wir doch beide konsequente Nichtraucher.

»Bist du jetzt total übergeschnappt?«

»Wart mal!«

Schnell ging ich zu einer Bekannten in der Nachbarschaft, die Raucherin war. Bei meiner Bitte um eine Zigarette schaute sie mich zunächst recht besorgt an. Als ich ihr aber dann erklärte warum, bekam sie einen Lachanfall und rief: »Das muss ich sehen!«, und schon hatte ich meine Zigarette.

Wie zwei Siegerinnen kehrten wir beide zurück. Die Zigarette hielt ich dabei vor mir hoch wie ein Beuteobjekt.

»Wo ist die Hose, die brauchen wir jetzt noch!«, rief die Nachbarin.

Ich eilte zum Paket, holte die Hose und legte sie auf den Gartentisch. »Anziehen kann ich sie aber wirklich nicht, die ist mir Meter zu eng!«

Unter den fassungslosen Blicken meines Mannes zündete ich mir die Zigarette an.

»Ta-taaa! Die erste Zigarette seit zwanzig Jahren! - Und ziemlich sicher auch die letzte«, setzte ich beim besorgten Blick meiner Ehehälfte hinzu.

»Und jetzt passt mal auf!«

Ich führte die brennende Zigarette zur Hose und brannte ein Loch hinein, allerdings so, dass die andere Seite heil blieb.

Die beiden verfolgten mein Tun.

»Ist euch klar, dass das beim Grillen jederzeit passieren kann? Außerdem hat die Hose nun Gebrauchsspuren, wie die im Versandhaus gefaselt haben. Zwar andere, als die gemeint haben, aber das ist ja egal!

Nun auf zur Haushaltsversicherung, denn die bezahlt uns den Schlamassel! Diese letzte Gabe bekommt dann das Versandhaus, damit die Hose bezahlt ist und sie zufrieden sind. Damit haben wir keinen Schaden bei der Sache - nur eine ganze Menge Spaß!«

Lebendige Geschichte

»Die Gefahr bei der Suche nach
der Wahrheit besteht darin, dass
man sie manchmal findet.«

(Wilhelm Faulkner)

Alle setzten sich nieder, ich natürlich ebenso. Ich saß in der vierten Bank auf der Fensterreihe. Neben mir, wie immer in der Schule, Lucia. Wir waren neugierig auf das, was uns erwartete.

Durch die Tür betrat die Lehrerin das Klassenzimmer. Sie trug ein knallbuntes Dederonkleid, das bis über die Knie reichte. Nicht gerade der neueste Schrei. Außerdem tat das dem Auge weh, das Rot!

‚So also sieht eine richtige Lehrerin aus', dachte ich. Nein, lieber nicht, danke!

Links von uns begann man aufzustehen. Also taten wir das auch. Der Schüler ganz vorn begab sich vor die vierzehnjährigen Kinder der Klasse, die sich inzwischen alle erhoben hatten und an ihren Plätzen standen. Es kehrte eine ungewohnte Ruhe ein, und alle blickten auf den Schüler da vorn.

Was sollte er eigentlich dort?

Zunächst schaute er die Klasse kurz an, drehte sich dann um zur Lehrerin, hob die rechte gestreckte Hand mit abgespreiztem Daumen über den Kopf und meldete: »Frau Lehmann, die vierundzwanzig Schüler der Klasse 3a sind zum Unterricht bereit. Arbeitsmittel und Hausaufgaben sind vollständig!« Er hatte seine Meldung beendet, und schweigend drehte er sich wieder um zur Klasse.

Einen Moment herrschte absolute Ruhe.

»Wir singen nun zur Eröffnung den Pioniermarsch!«, forderte uns Frau Lehmann auf. Und sie begann: »Seid bereit, ihr Pioniere, lasst die jungen Herzen glühn ...«

Beim zweiten Refrain sangen schon einige mit, und beim dritten Refrain erklang ein schöner Chor. Denn konnten fast alle mitsingen.

Wir waren fertig mit dem Lied, und Frau Lehmann sagte: »Danke. Setzen!«

Das taten wir.

Sie meinte noch: »Eigentlich hätte ich sagen müssen: Für Frieden und Sozialismus - seid bereit! Und eure Antwort wäre gewesen: Immer bereit! Aber das könnt ihr ja nicht wissen, darum haben wir es jetzt anders gemacht.«

Ihr Gesicht verschloss sich wieder. Offensichtlich war sie zurück in ihre Rolle geschlüpft.

Sie schaute sich um. Da blieb ihr Blick an einem Jungen mit einem weißen T-Shirt hängen.

»Andreas, steh doch mal auf!«

Der Angesprochene tat das, und alle warteten.

»Was hast du denn da für einen Pulli an: ‚Mickimaus ist die Größte!'«, las sie die Aufschrift vor. »Da sieht doch jeder, dass das aus dem Westen ist. Seit wann machen wir hier Reklame für den Klassenfeind?!« Jetzt war die Stimme schärfer geworden. »Zieh das sofort aus!«

Der Schüler, der vorhin die Meldung gemacht hatte – übrigens ist das im wirklichen Leben unser Tobias – sprang auf, nahm Andreas am Arm und zog ihn hinaus auf den Gang. Kurz danach kamen die beiden wieder herein. Wir alle sahen, dass Andreas das T-Shirt auf die linke Seite gedreht hatte. So war nämlich der Schriftzug nicht mehr zu lesen.

Frau Lehmann registrierte das alles zufrieden. Sie meinte noch: »Und zieh morgen etwas anderes an! So eine Anzugsordnung mache ich nicht noch einmal mit. Ich hole sonst deine Eltern her und erzähle ihnen ein paar Takte über dich!« Schweigend ließ sich Andreas nieder. In unserer Klasse heißt er übrigens Lukas.

Nun konnte die angekündigte Heimatkundestunde beginnen. Bei uns hieß das entsprechende Fach eben Sachkunde, aber irgend so etwas Ähnliches schien es früher auch gewesen zu sein. Wir hörten Verschiedenes übers Roggengetreide, welches auf dem LPG-Feld wuchs. Und dass wir nächste Woche dorthin gehen würden. Bei dieser Gelegenheit könnten wir auch gleich die Soldaten in der in der Nähe befindlichen Kaserne besuchen. Da dürften wir sogar einmal ein richtiges Maschinengewehr anfassen!

Schnell war diese Stunde vorbei, und neben uns standen die ersten auf.

»Ich muss unbedingt noch was sagen!«, ertönte es da plötzlich aus dem Hintergrund. Frau Lehmann hatte doch gar nicht dorthin gezeigt! Deswegen drehten sich alle verblüfft um.

Die Stimme kannte ich im Übrigen recht gut.

Das war Herr Werner, unser Klassenleiter, mit dem wir hierher zur Exkursion »Schule in der DDR« gefahren waren. Er saß hinten in der letzten Bank, und ihn hatten wir inzwischen vergessen.

Frau Lehmann wandte sich um: »Aber natürlich, das wäre doch ganz interessant!«

Wir setzten uns alle wieder hin und beobachteten, wie er langsam nach vorn ging. Er blieb vor ihr kurz stehen und nickte ihr zu, aber irgendwie nicht so richtig wohlwollend.

»Sie gehen heute Nachmittag, wenn Sie das noch drei anderen Klassen erzählt haben, nach Hause und sind bestimmt ganz zufrieden mit sich, nicht wahr!« Er lachte grimmig und fuhr fort:

»Und ich alter DDR-Scherge fahre mit meiner Klasse auch nach Hause und weiß, dass Sie meinen Schülern jetzt ins Hirn gepflanzt haben, dass ich wie alle meines Schlages eine total versaute und ideologisierte Jugend hatte. Wie ich das alles ausgehalten habe und warum ich eigentlich selbst noch unterrichten darf nach dem Bild, was Sie vom DDR-Lehrer hier als das Normale entworfen haben!«

Es herrschte Schweigen. Man hätte in diesem Moment die sprichwörtliche Stecknadel fallen hören.

»Und ich sage euch: ich hatte eine schöne Jugend. Wir haben nicht jeden Morgen Pionierlieder gesungen, sondern höchstens im Musikunterricht, wo sie hingehörten!

Meinen Sie aber wirklich, so eine typische DDR-Stunde zu vermitteln? Ich habe eher den Eindruck, hier soll wieder einmal alles, was nach DDR riecht, schlecht gemacht werden, damit das Klischee wieder stimmt – Wie lange waren Sie denn eigentlich Lehrerin? Waren Sie überhaupt eine?«

»Ich war drei Jahre Lehrerin für Musik und Französisch, bis ich 1980 aufgehört habe. Ich kam mit der Ideologie einfach nicht klar«, antwortete Frau Lehmann zögernd.

»Dann können Sie das höchstens alles nachquatschen! – Und noch etwas: Wenn ich so Unterricht machen würde, wie Sie das hier teilweise vorgaukeln und vor allem so schön einseitig, dann wäre ich schon lange kein Lehrer mehr! Diese Masche glaubte kein Schüler damals, genauso wenig wie heute hoffentlich. - So, und jetzt reicht´s! Wir gehen!«

Herr Werner wendete sich zur Tür, und wir alle erhoben uns automatisch und folgten unserem Klassenleiter. So empört wie heute hatte ich ihn selten gesehen.

Als wir gingen, sagte keiner »Danke!« oder »Auf Wiedersehen!« oder so etwas. Das wäre jetzt auch unangebracht, fühlte ich.

Aber man kann schon sagen, dass wir aus der Stunde etwas gelernt hatten. Sicher nicht das, was beabsichtigt war, aber zum Schluss wurde es richtig lebendig und interessant.

Bei der Heimfahrt merkten wir gar nicht, wie schnell die Zeit verging, denn nun erzählte Herr Werner aus seiner Schulzeit, und alle saßen gespannt in der Runde. Und so lernten wir ihn einmal ganz anders kennen als nur mit Formeln und Zahlen. Und die DDR war jetzt auch nicht mehr so abstrakt und weit weg. Ganz so schlecht und trist und öde schien es ja auch nicht gewesen zu sein.

Übrigens:

Ich gebe gern zu, in dieser Geschichte wohl ein bisschen übertrieben zu haben. Durch Übertreibungen werden bekanntlich die Dinge klarer.

Wahr ist jedoch, dass an zeitgeschichtlichen Einrichtungen in manchmal zu einseitigem Stil solche Stunden als »typisch für die DDR« vorgeführt werden.

Wahr ist auch, dass ich auf einen Bericht davon meine Meinung auf der Leserseite der Presse geschrieben habe (was ich sonst nie mache). Diese spiegelt sich in dieser Geschichte wider.

Beim Niederschreiben dieser Meinung war ich (seit über 25 Jahren Lehrerin) ziemlich auf der Palme. Aber das ist eigentlich nicht möglich - weil es ja im Sozialismus keine Palmen gab!

Die Stunde hat nie so stattgefunden. Sie ist frei erfunden nach dem Motto:

Was wäre, wenn ...

Gelungene Maskerade?

»Die Kunst zu gefallen, ist die Kunst zu täuschen..«

(Luc de Clapiers Vauvenargue, französischer Philosoph)

Plötzlich hatte ich Spaß an der Verkleidung und probierte das ganze Zeug an. Und siehe da: Als ich in den Spiegel sah, da entdeckte ich - DENNY BLUHM! Durch die Perücke und die Kleidung musste ich zweimal, nein: dreimal hingucken. Aber da stand er tatsächlich: DENNY BLUHM, der bekannte Unterhaltungskünstler, momentan führender Comedy-Star.

Ich tastete mich ab, das Gesicht, die Arme, den Bauch. Kein Zweifel: Ich war DENNY BLUHM. Jetzt noch die typische Bewegung, die ich schon oft im Fernsehen an ihm beobachtet hatte, zum Beispiel auch in den Werbeeinblendungen, die oft während eines ganz normalen Filmes unvermittelt auftauchten. Und das konnte ich perfekt, da gab es keinen Zweifel: Die Haare zurückwerfen und dann die allumfassende Geste an das Publikum. Nun mussten sie sich schon krümmen vor Lachen, in Erwartung von dem, was überhaupt noch nicht gesagt worden war. Wie oft hatte ich dieses bescheuerte Zurückwerfen des Kopfes nachgeäfft.

Meine Frau sagte dann immer: »Da brauche ich eigentlich kein Fernsehen mehr! Du kannst das viel besser, und deine Witze sind sowieso die schöneren!«

Der Verkäufer sagte jetzt verwundert zu mir: »Und Sie haben tatsächlich den ganzen Becher ausgetrunken?«

»Ja«, meinte ich, »sollte ich das nicht?«

»Ich hatte gesagt, nur zwei Schluck!«

Ich stockte einen kurzen Moment. Das war sowieso der Wahnsinn, wie es mich hierher verschlagen hatte. Während des Stadtbummels wollte meine Frau in das eine Modegeschäft gehen. So etwas war nun gar nicht nach meinem Geschmack: zugucken, wie sie ein Teil nach dem anderen anprobierte ... Und ich sollte dann immer etwas Intelligentes dazu sagen, wie schön das jetzt aussähe und so weiter. Nein, da wollte ich lieber meiner eigenen Wege gehen! Und so trennten wir uns, und dabei stieß ich auf dieses Scherzartikelgeschäft, welches ich hier noch nie bemerkt hatte. Das war Grund genug dafür, dass ich hinein ging.

Was es hier alles gab! Ich kam aus dem Staunen nicht heraus: Ganze Kostüme von aktuellen Schauspielern, Sängern, Komikern hingen da. Dabei war Fasching erst in einem halben Jahr. Der Verkäufer bemerkte meinen erstaunten Blick, kam näher, griff ein Kostüm heraus und hielt es mir hin:

»Hier, das müsste zu Ihnen passen. Bei mir können Sie sich in alle möglichen Personen verwandeln. Probieren Sie doch mal, Sie werden staunen!«

»Verkleiden, meinen Sie«, sagte ich.

»Nein - verwandeln meine ich!«

***

Und so war es gekommen, dass ich die Sachen von DENNY BLUHM angezogen hatte, samt Perücke und Brille. Als ich vollständig angekleidet war, drängte mich der Verkäufer: »Damit das richtig echt wird, müssen Sie davon ein paar Schluck trinken.«

Und so hatte ich den Becher mit dem Cocktailmix, der zugegebenermaßen sehr gut schmeckte, leer getrunken. Ich spürte, wie die Flüssigkeit durch mich hindurch prickelte.

Wie fühlte ich mich jetzt? Leicht - die ganze Welt war leicht - alle Probleme schienen fortzurücken - ich hätte Bäume ausreißen können!

»Zu jedem Kostüm gibt es auf Wunsch ein passendes Getränk«, hörte ich die Stimme des Verkäufers. »Das sorgt für eine echte Verwandlung. Normalerweise reicht ein Schluck für eine Stunde. Aber wie das nun bei Ihnen wird - wer weiß! -

Nun gehen Sie schon raus! Glauben Sie mir, Sie werden viel Vergnügen haben da draußen!«, hörte ich den Verkäufer sagen.

Ungläubig schaute ich ihn an. Ich blickte in ein Gesicht mit einem abwartenden, aber irgendwie auch wissenden Lächeln. »Sie sehen täuschend echt aus. Als ob DENNY BLUHM selbst hier wäre! Und Sie fühlen sich jetzt auch wie er, merken Sie das?«

Ja - wenn er das so sagte ...

»Na los doch, unter die Leute jetzt!!« Mit diesen Worten schob er mich aus der Tür.

Da stand ich nun. Die Fußgängerzone war bunt und voll Leute. Alles eilte an mir vorbei. Noch drei Schritte, und ich war selber in den Menschenstrom eingetaucht und lief wie von selbst mit. Schon waren ungefähr fünf Minuten vorbei, und der Laden war inzwischen weit weg.

»Aber das ist doch ...!«, erklang es hinter mir.

Ich schaute mich um und erblickte eine Frau in den mittleren Jahren. Sie hielt mich fest. »Aber nein! Davon habe ich zwar schon oft geträumt, aber nun ist es wahr! DENNY BLUHM! Sie sind es doch wirklich!?«

Wen meinte sie eigentlich? Mich!? Aber ich und DENNY BLUHM - nein! Das musste sie doch sehen!

Sie fing an, die Passanten ringsum anzuschubsen. »Schauen Sie doch mal! Das kann doch nicht wahr sein! Aber er ist es! DENNY BLUHM! Hier! Hier!«

Ich wollte fort, aber ich kam nicht weiter, weil sich um mich eine Traube von Leuten gebildet hatte. »Hier - hier - hier ist er!«, wiederholte die Frau immer wieder richtig hypnotisch.

Da lachte der Schalk in meinem Hinterkopf: ‚Tu der Frau doch den Gefallen! Spiel mit! Mal sehen, wie echt du wirklich bist!'

Ich zog sie zu mir heran und raunte ihr ins Ohr: »Sie haben aber ein Adlerauge! Mich erkennt man sonst überhaupt nicht, wenn ich so unterwegs bin! Kompliment!«

»Wenn Sie jetzt schon mal hier sind, müssen Sie mir auch ein Autogramm geben!«

»Ich habe doch jetzt keine Autogrammkarte dabei!«

»Aber ich schon! Bitte - hier!«

Erwartungsfroh reichte sie mir das bunte Bild.

Der Schalk im Hinterkopf schien zu grinsen: ‚Na, glaubst du es jetzt oder immer noch nicht?'

Na klar, ich musste ihr das Autogramm geben. Das tat ich doch auch sehr gerne!

‚Wie du nun heißt, weißt du ja, und noch eine Doktorschrift dazu - das müsste doch klappen. Mach - los!', raunte das Männlein in meinem linken Ohr. Ich drückte die Karte gegen die Hausmauer, setzte den Stift an, und da war das Autogramm. Wer hatte mir jetzt die Hand geführt, als ich ‚DENNY BLUHM' hinschrieb? Das war doch gar nicht meine Handschrift!?

»Na ja, wenn Sie am Tisch sitzen, sieht das viel gestochener aus. Aber so ein Autogramm von Ihnen hat keiner!«

Ich nickte auf die am Fernseher oft beobachtete Art und Weise und warf das Haar zurück.

»Nun erkenne ich Sie endgültig! Das kann kein anderer! Danke! Danke!«

Inzwischen hatten sich viele Leute angesammelt, die neugierig waren und wissen wollten, was denn hier los wäre.

Mich ritt inzwischen der Teufel. Ich streckte den Arm aus in Richtung der Frau, der ich eben das Autogramm gegeben hatte, ganz wie DENNY BLUHM es gemacht hätte. Mit einem eleganten Wink holte ich sie zu mir heran. Sie folgte dem wie hypnotisiert.

»Und nun begrüßen Sie in meinem Namen die vielen Leute!«, wies ich sie an.

Sie drehte sich in der Runde und machte in mehrere Richtungen einen tiefen Knicks. Beifall von allen Seiten belohnte sie.

***

‚Nein, nun reicht es!', dachte ich. Ab in den Laden und zurückverwandeln, wieder ich selbst sein!

Bevor die Leute begannen, sich erneut nach mir umzublicken, war ich in einer Seitengasse verschwunden. Ich eilte auf Umwegen zurück in Richtung des Scherzartikelgeschäfts, währenddessen ich mich immer wieder umschaute, dass mir niemand folgte.

Doch so lange ich auch suchte - der Laden war nicht zu finden. Nach einigen Minuten vergeblichen Forschens gab ich auf und eilte weiter.

Nichts wie nach Hause jetzt, wohin denn sonst! Durch den Park musste ich noch hindurch. Dort war um diese Zeit wie erwartet zum Glück niemand, und so rannte ich immer weiter, um endlich unser Haus zu erreichen. Dort angelangt, schloss ich hastig die Tür auf und eilte zur Garderobe. Ich wollte einfach nur die fremden Sachen ablegen und die eigenen anziehen. Dann würde nichts mehr an diesen ganzen Spuk erinnern. Ich wollte endlich raus aus dieser verrückten Verkleidung!

Doch die Sachen ließen sich nicht ausziehen. Die Perücke saß fest wie echt, und auch die Kleidungsstücke waren wie angeschweißt. Da befand ich mich in dieser anderen Identität und kam nicht mehr heraus!

Plötzlich öffnete sich die Wohnzimmertür, und da stand sie, meine Frau. Sie starrte mich an. Doch natürlich sah sie nicht mich, ihren Mann, denn sie sagte: »Wer sind Sie denn, und wie kommen Sie hierher!? - Moment mal, Sie sehen aus wie - wie - DENNY BLUHM!«

Ich öffnete den Mund, um ihr zu sagen, wen sie hier vor sich hatte, doch es kam etwas ganz anderes heraus: »Meine besten Fans überrasche ich auch gern mal zu Hause! Juhu, hier bin ich! Haben Sie nicht wenigstens einen Espresso für mich?«

Das Gesicht meiner Frau verfinsterte sich.

»Da Sind Sie bei mir aber völlig falsch gelandet! Gehen Sie augenblicklich, ich will Sie hier nicht haben! Sonst hole ich die Polizei!«

Und ehe ich etwas sagen konnte, war sie fort. Das ging ohnehin nicht; wer weiß, was nun aus meinem Mund für Äußerungen herausgekommen wären!

Als ich kurz aus der Haustür lugte, sah ich, wie sich unterdessen von weitem eine Masse Leute näherte, allen voran die Frau, der ich vorhin das Autogramm gegeben hatte. Zielgerichtet kamen sie auf unser Haus zu. Ich schloss die Tür, stürzte in mein Arbeitszimmer, sperrte mich ein und verkroch mich in meinen Ohrensessel.

‚Ich will raus hier, alles aufklären!', rief in mir die eine Hälfte, allerdings war es die hilflose.

Vorm Haus waren jetzt immer mehr Stimmen von den aufgeputschten Fans zu hören:

»Hier drin ist er!« - »Ich will ihn sehen!!« - »Heraus mit ihm!!«

Und dann kamen energische Schritte näher. Meine Frau, offenbar allen voran, rief: »Werfen Sie diesen Kerl raus! Ich weiß gar nicht, wie er hier herein gekommen ist! Ab in den Knast mit ihm! Das ist Hausfriedensbruch! Außerdem hat er mir die vielen Papparazzi angeschleift! Ich will endlich meine Ruhe haben!«

Nun waren sie vor meinem Zimmer angelangt und pochten laut an die Tür. »Kommen Sie heraus, das geht aber jetzt wirklich zu weit!«

»Kommt doch rein, wenn ihr mich haben wollt!« hörte ich mein neues, ungeliebtes Ich rufen.

»Brechen Sie jetzt die Tür auf! Er soll ins Gefängnis!«, rief meine Frau.

Es gab keinen Ausweg, und die Tür würde bald nicht mehr standhalten, das hörte ich ganz deutlich.

Diese Schande! Ich wollte hier nicht gefunden werden! Nur weg von hier!

Ich stürzte zum Fenster und riss es auf. Zehn Meter Tiefe gähnten mich an.

***

Ein dumpfer Knall. Ein Schmerz am Oberschenkel und am Kopf. Wo bin ich? Was ist los hier!?

»Was schreist du denn dauernd ‚Nein! Nein! Nein!'«

Das ist die Stimme meiner Frau. Was will sie eigentlich von mir?!

Während ich behutsam aufstehe und mein schmerzendes Bein reibe, denke ich: ‚Schön war es aber trotzdem, auf diese Art und Weise kurzzeitig jemand anders zu sein! Noch schöner ist jedoch die Erleichterung, dass ich nun wieder in der Wirklichkeit angekommen bin!'

Willkommen im Kreis der Bestseller!

»Der Humor kann einem durch
nichts so schnell vergehen, wie durch
die Frage,
wo man ihn gelassen habe.«

(Unbekannt)

ZUNÄCHST:

Die letzte Geschichte benötigt unbedingt eine Vorbemerkung.

Es handelt sich um die zugegebenermaßen sehr einseitige Schilderung spezieller Reaktionen darauf, dass ich ein Buch (»Plötzlich ist alles anders« unter dem Pseudonym Katrin Schwarz) auflegte, in welchem ich darstellte, wie es mir gelang, aus den Tiefen eines schweren Schlaganfalls herauszukommen - immerhin so gut, dass ich in der Lage war, ohne große Hilfen eben dieses Buch umzusetzen.

Mein Ziel: Anderen Tipps vermitteln, um eventuell selbst so weit wie möglich aus einer ähnlichen Lage herauszukommen. Und ich wollte deutlich machen, wie sich so eine Person fühlt.

Also hieß das unter anderem, an Buchhandlungen und an Ärzte heranzutreten. Ich will damit nicht vermitteln, dass alle so reagiert haben wie dargestellt.

So war es KEINESFALLS!

Es kam bei mir lediglich in manchen Fällen, die in der dargestellten Art verliefen, die Meinung auf: Kann es denn so etwas geben?!

Außerdem sind Geschichten, in denen alles glatt geht, sowieso die langweiligsten ...

Meine Bekannte hat das Buch schon zum dritten Mal gelesen, und sie fragt, wann denn die Fortsetzung kommt!« - Das freute mich wirklich, als ich das zu hören bekam.

»Nein, dazu wird es nicht kommen«, antwortete ich. »Das Buch hat doch ein Ende und eine Perspektive. Die Begebenheit ist Gott sei Dank Vergangenheit. Ich wüsste nicht, wie ich das fortsetzen sollte. Also: Wozu? Worüber?«, fügte ich überzeugt hinzu. In meinem Hinterkopf hatte sich aber etwas festgesetzt: Ja, warum eigentlich nicht?

Und mag es da vielleicht manche geben, die denken: Da ist sie nun schon krank, und selbst daraus schlägt sie Geld! Also wirklich ...

Wer ernsthaft denkt, dass das so ist, den werde ich auch garantiert nicht in die Villa einladen, die ich mir vom großen Geld bauen werde. Außerdem müssten sie in so einem Fall weit reisen: bis nach Monte Carlo oder in die Schweiz oder sonstwohin. Ich habe mir das eigentlich selbst noch nicht so richtig überlegt.

Meine Motive liegen ganz woanders. Da ist schon mal für mich selbst ein Beweis: Trotz des Schlaganfalls ist bei mir noch so viel Grips da, um so etwas zu machen. Außerdem möchte ich anderen in einer ähnlichen Lage helfen.

Doch auch verschiedene Reaktionen sind interessant zu nennen, wenn man als ein Niemand mit einem Buch daher kommt - zumal ich doch an einigen Stellen mit anderem rechnete.

Manches könnte bei sensiblen Naturen sogar bis hin zu Depressionen oder zum Alkoholismus führen. Aber daran sind diese dann wohl selber schuld!

Als ich in einer Buchhandlung vorsprach, hörte man mir zunächst einmal freundlich zu und bekam natürlich mit, dass ich mich nicht so gut äußern konnte. Dann meinte die nette Frau, dass sie Exemplare von mir nicht nehmen könne, da das ja steuerlich schlecht zu behandeln wäre, denn schließlich brauche sie eine ordentliche Quittung. Außerdem müsse man ja danach gehen, was sich verkauft. Ja natürlich, fiel es mir wie Schuppen von den Augen, wie konnte ich das nur vergessen. Doch ich könnte ihr ja ein Buch zum Hinlegen geben, meinte sie noch, aber sonst? In Ordnung, das tat ich, hatte allerdings dabei das Gefühl, nicht wirklich etwas erreicht zu haben.

Ich dachte weiterhin an mein Gespräch mit einer Bekannten, die meinte, man solle auf jeden Fall in den Buchhandlungen wegen Lesungen fragen, und tat das. Aber nein, kam die Antwort, man suche sich schon aus, wen man für Lesungen nehmen würde.

Zwischen den gedachten Zeilen nahm ich wahr: ‚Du kommst hier jedenfalls ganz bestimmt nicht in Frage!'

Das Weitere rauschte an mir vorbei. Ich ließ trotzdem ein Buch da, verabschiedete mich höflich und kam mir vor wie eine abgewiesene Bittstellerin.

Außerdem reifte in mir der Entschluss heran, mir bei Gelegenheit dieses Exemplar wiederzuholen, aber erst, wenn ich in der Lage wäre dazu, also wenn bei mir hinter Freundlichkeit und Sachlichkeit keine Spur von etwas anderem mehr bliebe, was nach außen dringen würde.

In einer weiteren, größeren Buchhandlung gab es eine ähnliche, genauso freundliche, aber sonst eher gehetzte und flüchtige Antwort. Beim Verlassen des Geschäftes ging ich an den Tischen mit den dicken Bestsellern vorbei und schätzte für mich ein, dass ich schon wieder einmal ziemlich vermessen gewesen war mit meiner Anfrage. Aber so langsam fühlte ich ganz wohl damit, vermessen zu sein.

Ein paar ähnliche Erfahrungen machte ich in der medizinischen Sparte, wobei man trotzdem die positiven Aspekte nicht vergessen sollte, zum Beispiel auch meine ersten Lesungen in Selbsthilfegruppen. Hemmschwellen setzten mir die Folgen meines Schlaganfalls, aber ich fasste das Ganze als Therapie auf. Ist es ja auch.

Die andere Seite: Beim Telefonat mit einem Chefarzt schimmerte durch, dass man sich keinesfalls auf Werbung einließe. Da war ich natürlich sofort weg vom Fenster - denn mein ganzes Buch ist mit Werbung nur so gespickt (!).

Eine REHA-Einrichtung schrieb, dass mein Schlaganfall nicht das typische Beispiel wäre. - Meine Bemerkung dazu (nachdem ich mich befragt hatte zum Thema): Was soll denn noch typischer sein daran (manchmal wissen das die Betreffenden nämlich selbst nicht)?!

Bei mir war es zumindest auch schlimm genug, dass ich anfangs nicht laufen, kaum reden, schlecht denken konnte und einiges andere mehr. Da wollen die Ärzte immer Fallbeispiele, nun haben sie eins. Bleibt doch lieber bei euren abstrakten Beispielen, denn die sprechen bestimmt mehr an!

Auch »keinerlei therapeutische Ansätze« wurden von einem Arzt fälschlicherweise angemahnt.

Gegenfrage: Welche therapeutischen Ansätze soll ein Patient wie ich bringen außer Tipps und Schilderungen von Situationen, wie ich versucht habe, aus einer solchen misslichen Lage so gut wie möglich herauszukommen und wie mir zumute war und welche Hilfen oder Maßnahmen sich als gut erwiesen?! Die Anmaßung eines ärztlichen Urteiles steht mir nicht zu und wäre von meiner Seite auch unpassend und dumm gewesen.

Ich holte mir in diesem Fall mein Buch wieder und konnte mir die Bemerkung nicht verkneifen, dass man sich beim Lesen hoffentlich nicht gelangweilt habe (im Gegensatz zu vielen positiven Rückmeldungen).

Nein, das hatte man nicht. Na, zum Glück.

Außerdem könnte ich mich ja bestimmt nicht in eine Reihe mit Fachleuten stellen, wenn ich in einem Antwortbrief zu lesen bekam: »Wenn wir einen Vortrag machen, dann haben wir dafür unsere eigenen Experten.«

Ich bin schließlich kein Experte. Aber ich bin jemand, der Erfahrungen weiterzugeben hat. Erfahrungen, die vielleicht gut zum Expertenwissen passen würden. Erfahrungen, die der Experte nicht haben kann und auch nicht haben soll. Erfahrungen, die ich glücklicherweise auch weitergeben kann (was keine Selbstverständlichkeit sein muss, leider!).

Übrigens holte ich mir auch das besagte Exemplar aus der Buchhandlung wieder. Kurz und schmerzlos. Die Buchhändlerin verließ den Raum und holte das Buch nach längerem Suchen irgendwo aus einer anderen Etage. Dort hätte es sowieso keiner gefunden!

Und schon war es wieder in meiner Tasche. Die Buchhändlerin eilte unterdessen fort ans Telefon, das eben klingelte, und war so anderweitig beschäftigt. Dadurch kam sie natürlich überhaupt nicht mehr zum Grüßen.

Warum auch?? Und tschüss!

ZUM SCHLUSS:

Woher kommen die Ideen für die Kurzgeschichten? Meistens mitten aus dem Erleben, wie der Titel es schon sagt. Anregung bildeten oft allzu menschliche Züge. Ansonsten sind diese Geschichten frei erfunden, Ähnlichkeiten sind rein zufällig und nicht beabsichtigt.

Beobachtungen wie in der ersten Geschichte haben bestimmt schon viele gemacht; der zweite Teil hat selbstverständlich so nie stattgefunden (nur in Gedanken).

Kurzgeschichten können ihren Ursprung in Zeitungsmeldungen haben. »Frauentausch« ist so eine, und der »Lebendigen Geschichte« liegt ein Bericht von einer ganzen Zeitungsseite zugrunde.

Grund für den Titel »Ausnahmen bestätigen die Regel« ist, dass eine solche Erfahrung mit Versandhäusern nach meiner Erfahrung eine Ausnahme darstellt.

Ausgangspunkt mancher Geschichten sind einfach Stichwörter. So entstand »Das Problem mit dem Vornamen« aus der »Qual der Wahl«, die »Mutprobe« aus dem Thema »Helden« und »Es könnte alles so schön sein« natürlich aus dem lieben »Geld«.

Auf alle Fälle sage ich meiner Umwelt Dank für viele, oft ungewollte, aber schöne Anregungen!